華麗なる探偵アリス&ペンギン

イッツ・ショータイム！

南房秀久／著
あるや／イラスト

★小学館ジュニア文庫★

アリス＆ペンギン

華麗《かれい》なる探偵《たんてい》

The excellent detectives
Alice and Penguin

イッツ・ショータイム！

CONTENTS
もくじ

CHARACTERS

とうじょう人物《じんぶつ》

夕星《ゆうずつ》アリス

中学《ちゅうがく》2年生《ねんせい》の女《おんな》の子《こ》。
お父《とう》さんの都合《つごう》で
ペンギンと同居《どうきょ》することに。
指輪《ゆびわ》の力《ちから》で鏡《かがみ》の国《くに》に
入《はい》ると、名探偵《めいたんてい》
「アリス・リドル」に!

P《ピー》・P《ピー》・ジュニア

空中庭園《くうちゅうていえん》にある『ペンギン探偵社《たんていしゃ》』の探偵《たんてい》。
言葉《ことば》も話《はな》せるし、料理《りょうり》も得意《とくい》だぞ。

怪盗《かいとう》赤《あか》ずきん

変装《へんそう》が得意《とくい》な怪盗《かいとう》。
可愛《かわい》い洋服《ようふく》が大好《だいす》き。

シャーリー・ホームズ

ペンギン探偵社《たんていしゃ》ロンドン
支社《ししゃ》トップの探偵《たんてい》。
口《くち》ぐせは「お黙りなさい《サイレンス》」。

オオカミ

赤《あか》ずきんの相棒《あいぼう》。
しっかり者《もの》で、
パソコンも使《つか》える。

ハンプティ・ダンプティ

鏡《かがみ》の世界《せかい》の仕立屋《テイラー》。
不思議《ふしぎ》な力《ちから》を持《も》つ
コスチュームを作《つく》ってくれる。

ジャック碇《いかり》山《やま》

高校生《こうこうせい》にして
世界的《せかいてき》に有名《ゆうめい》な
天才生物学者《てんさいせいぶつがくしゃ》。

グリム兄弟《ブラザーズ》

兄《あに》ジェイコブ(左《ひだり》)と
弟《おとうと》ウィルヘルム(右《みぎ》)の
天才犯罪《てんさいはんざい》コンサルタント。

ファイル・ナンバー0

ホームズ・ザ・ユーチューバー

夕星《ゆうずつ》アリスは鉛筆《えんぴつ》を手《て》にしたまま、かれこれ1時間以上《じかんいじょう》固《かた》まっていた。

アリスはイギリス人《じん》を母《はは》、冒険家《ぼうけんか》の日本人《にほんじん》を父《ちち》に持《も》つ、金髪《きんぱつ》に緑《みどり》の瞳《ひとみ》の中学《ちゅうがく》2年生《ねんせい》。

そして、『ペンギン探偵社《たんていしゃ》』日本支社《にほんししゃ》の見習《みなら》い探偵《たんてい》であり、アデリーペンギンの名探偵《めいたんてい》、P《ピー》・P《ピー》・ジュニアの弟子《でし》である。

探偵《たんてい》の弟子《でし》ともなれば、毎日《まいにち》のように舞《ま》い込《こ》む事件《じけん》の解決《かいけつ》に忙《いそが》しく、普通《ふつう》の中学生《ちゅうがくせい》のように勉強《べんきょう》なんかしている時間《じかん》はない。

――と、言《い》いたいところだが。

このところ、ペンギン探偵社《たんていしゃ》は平和《へいわ》そのもの。

解決《かいけつ》すべき事件《じけん》の依頼《いらい》は――かれこれ1週間《しゅうかん》――来《き》ていない。

「うにゅにゅにゅにゅ～♫」

P《ピー》・P《ピー》・ジュニアもやることがないので、ソファーに寝《ね》そべり、朝《あさ》からずっとスマートフォンで動画《どうが》を見《み》ながら鼻歌《はなうた》を歌《うた》っている。

（お気楽《きらく》でうらめしい――いえ、うらやましいですね）

アリスはそんなP《ピー》・P《ピー》・ジュニアを横目《よこめ》にため息《いき》をつき、数時間前《すうじかんまえ》の出来事《できごと》を思《おも》い出《だ》していた。


6時間目《じかんめ》の地理《ちり》の授業《じゅぎょう》が終《お》わる寸前《すんぜん》のこと。

「じゃあ、これからグループ分《わ》けすっぞ～」

地理担当《ちりたんとう》の梅津先生《うめづせんせい》が突然《とつぜん》、大《おお》きな声《こえ》を出《だ》した。

「………ほにゃ？」

心地《ここち》よく居眠《いねむ》りをしていたアリスも目《め》を覚《さ》ます。

「先週《せんしゅう》、今週《こんしゅう》と、超《ちょう》くわし～くやったヨーロッパの国々《くにぐに》、な！」

教壇《きょうだん》の梅津先生《うめづせんせい》はチョークで黒板《こくばん》を叩《たた》き、ニヤニヤしながらクラスを見渡《みわた》した。

「グループ発表《はっぴょう》の課題《かだい》、とすることにした！」

「え〜っ！」

——という抗議《こうぎ》の声《こえ》が、クラスのあちこちから上《あ》がる。

「各《かく》グループ、好《す》きな国《くに》の自然《しぜん》、人々《ひとびと》の暮《く》らしなどについて研究《けんきゅう》してだな！　来週《らいしゅう》、10分《ぷん》ほどで発表《はっぴょう》してもらう！　てことで、グループ分《わ》け、急《いそ》いで始《はじ》めろよ〜！」

梅津先生《うめづせんせい》はそれだけ告《つ》げると、教室《きょうしつ》から出《で》て行《い》った。

すると。

「ど、どうする？」

「さあ？」

クラスメートたちは、一斉《いっせい》に頭《あたま》を抱《かか》えた。

「カナダって……ヨーロッパだっけ？」

「オーストラリアはヨーロッパだよね？」

「ヨーロッパなのはオーストリア」

「カンガルーとモーツァルトの国《くに》？」

「だからカンガルーはオーストラリアの方《ほう》！」

クラス一同《いちどう》、これまでの授業《じゅぎょう》を聞《き》いていたのか、疑《うたが》いたくなる惨状《さんじょう》である。

「そ、そうだ！　ヨーロッパといえば！」

ひとりがガタンと椅子《いす》を鳴《な》らして立《た》ち上《あ》がり、救《すく》いを求《もと》めるような表情《ひょうじょう》でアリスの方《ほう》を見《み》た。

「！」

みんなの視線《しせん》も一斉《いっせい》にアリスに集中《しゅうちゅう》する。

「…………ほへっ？」

アリスは固《かた》まった。

「アリス！　イギリス人《じん》だから、ヨーロッパから来《き》たんだよね！」

「何《なん》でもいいから教《おし》えて！」

切羽詰《せっぱつ》まった顔《かお》の生徒《せいと》たちから、次々《つぎつぎ》に質問《しつもん》が浴《あ》びせられる。

「私《わたし》たちとグループ組《く》んで！」

「いや、俺《おれ》たちと！」

アリスがこんなに人気者《にんきもの》だったことは、生《う》まれてきた瞬間《しゅんかん》からついさっきまで、1秒《びょう》たりとも——たぶん——ない。

だが。

アリスは小《ちい》さい頃《ころ》から父《ちち》と一緒《いっしょ》に世界中《せかいじゅう》の怪《あや》しい遺跡《いせき》や秘境《ひきょう》を回《まわ》っていたので、イギリスにいた頃《ころ》の記憶《きおく》はあいまいだ。

首都《しゅと》のロンドンには、ちょっと前《まえ》に探偵社《たんていしゃ》の仕事《しごと》で久《ひさ》しぶりに行《い》ったけれど、事件《じけん》の捜《そう》査《さ》に忙《いそが》しく、観光《かんこう》らしい観光《かんこう》もほとんどしていなかったのだ。

(期待《きたい》されても困《こま》るのですが)

アリスとしては途方《とほう》に暮《く》れるしかない。

と、その時《とき》。

「夕星《ゆうずつ》さんはいつも通《どお》り、僕《ぼく》たちのグループですよね」

「みんな、悪《わる》いけど」

クラスメートたちとアリスの間《あいだ》に笑顔《えがお》で割《わ》って入《はい》ったのは、白兎《しらと》計太《けいた》と響琉《ひびきる》生《い》。

ふたりは、転校《てんこう》してきてすぐに仲良《なかよ》くなったアリスの友《とも》だちである。

特《とく》に響琉生《ひびきるい》はＴＶ《テレビ》の推理《すいり》バラエティー『ミステリー・プリンス』に名探偵《めいたんてい》シュヴァリエとして出演中《しゅつえんちゅう》の人気探偵《にんきたんてい》。

アリスやＰ《ピー》・Ｐ《ピー》・ジュニアにとってはライバルでもあるのだ。

そして。

「みなさ～ん！　いいですこと、庶民《しょみん》アリスはわたくしのライボォ～《ライバル》ですのよ！　独占権《どくせんけん》はわたくしにありますわ！」

派手《はで》な巻《ま》き毛《げ》の女《おんな》の子《こ》がアリスに歩《あゆ》み寄《よ》ると、その腕《うで》をギュッとつかんで宣言《せんげん》した。

こちらの少女《しょうじょ》も友《とも》だちで、名前《なまえ》は赤妃《あかひ》リリカ。

大財閥赤妃《だいざいばつあかひ》グループのひとり娘《むすめ》であり、ハリウッド映画《えいが》の出演歴《しゅつえんれき》も多《おお》いセレブである。

「……う」

一同《いちどう》は顔《かお》を見合《みあ》わせる。

「夕星《ゆうずつ》さんと一緒《いっしょ》のグループだと――」

「もれなく赤妃《あかひ》さんがついてくるのかあ～」

「そ、それじゃ、今回《こんかい》は遠慮《えんりょ》しようかな」

リリカが絡《から》めば、必《かなら》ずとんでもない事件《じけん》に巻《ま》き込《こ》まれる。

クラスの一同《いちどう》は、そのことを身《み》をもって知《し》っていた。

当然《とうぜん》、アリスを囲《かこ》んでいた一同《いちどう》は潮《しお》が引《ひ》くようにさっと下《さ》がっていく。

「で、でも、相談《そうだん》には乗《の》ってよね！」

「夕星《ゆうずつ》さんだけが頼《たよ》りだし！」

それでもみんな、アリスに期待《きたい》の目《め》を向《む》けている。

「…………できゅることでちたら」

緊張《きんちょう》しまくりのアリスとしては、噛《か》みながらも頷《うなず》くしかなかった。


結局《けっきょく》。

アリスと計太《けいた》、琉生《るい》、リリカのグループは、イギリスについての研究発表《けんきゅうはっぴょう》をすることに決《き》まった。

日曜《にちよう》の午後《ごご》に琉生《るい》の家《いえ》に集《あつ》まって相談《そうだん》することになり、アリスはそれまでにイギリス関《かん》係《けい》でいくつか覚《おぼ》えていることを思《おも》い出《だ》して書《か》き出《だ》そうと思《おも》ったのだけれど。

目《め》の前《まえ》のメモ帳《ちょう》は、見事《みごと》に真《ま》っ白《しろ》である。

(イギリスのことなんて、私《わたし》が誰《だれ》かに聞《き》きたいくらいです)

頭《あたま》がこんがらがり、テーブルに突《つ》っ伏《ぷ》そうとしたその時《とき》。

玄関《げんかん》のチャイムが鳴《な》った。

「依頼人《いらいにん》さんでしょうか?」

アリスは期待《きたい》と共《とも》に腰《こし》を上《あ》げて、そそくさと玄関《げんかん》に向《む》かう。

依頼人《いらいにん》は大歓迎《だいかんげい》。

アリスにお給料《きゅうりょう》も入《はい》るし、何《なに》より、目《め》の前《まえ》の研究《けんきゅう》を後回《あとまわ》しにできるからだ。

そして。

「来《き》たわよ」

扉《とびら》を開《あ》けると、そこには久《ひさ》しぶりに会《あ》う女《おんな》の子《こ》の不機嫌《ふきげん》そうな顔《かお》があった。

「…………救世主《きゅうせいしゅ》!」

アリスは思《おも》わず、女《おんな》の子《こ》の手《て》を握《にぎ》る。

「な、何《なん》なの、このうさんくさい歓迎《かんげい》ムード？」

女《おんな》の子《こ》の方《ほう》は驚《おどろ》いて目《め》を丸《まる》くする。

彼女《かのじょ》はシャーリー・ホームズ。

ペンギン探偵社《たんていしゃ》ロンドン支社《ししゃ》に所属《しょぞく》する名探偵《めいたんてい》で、アリスも何度《なんど》か協力《きょうりょく》したことがある。

イギリスのことを聞《き》くには、うってつけの人物《じんぶつ》がこうして最高《さいこう》のタイミングで現《あらわ》れたのである。

「ようこそです！」

アリスはシャーリーを中《なか》に引《ひ》っ張《ぱ》り込《こ》んで応接《おうせつ》スペースの椅子《いす》に座《すわ》らせると——。

「課題《かだい》はイギリスについてです」

と、何《なん》の前置《まえお》きも無《な》しにシャーリーに説明《せつめい》した。

「……はい？」

シャーリーは戸惑《とまど》いの表情《ひょうじょう》を浮《う》かべる。

「10分《ぷん》ぐらいで発表《はっぴょう》できる内容《ないよう》でまとめてくれると嬉《うれ》しいです」

アリスはメモ帳《ちょう》と鉛筆《えんぴつ》をシャーリーの前《まえ》に置《お》いた。

「はい？」

「発表《はっぴょう》の時《とき》に使《つか》えるような写真《しゃしん》も、ネットから探《さが》してくれるとさらに嬉《うれ》しさ2倍《ばい》です」

パソコンも開《ひら》いてシャーリーの方《ほう》に画面《がめん》を向《む》け、準備万端《じゅんびばんたん》である。

「だからほんと何《なん》なのよ？」

シャーリーは訳《わけ》が分《わ》からないまま、鉛筆《えんぴつ》を握《にぎ》る。

「で、これ、どんな事件《じけん》に絡《から》んでいるの？」

「宿題《しゅくだい》です」

「はい？」

シャーリーは固《かた》まった。

「な・ん・で！　私《わたし》があなたの宿題《しゅくだい》をやらなくちゃいけないのよ！」

「宿題《しゅくだい》の手伝《てつだ》いに来《き》てくれたのでは？」

「いやいやいや、どう考《かんが》えても違《ちが》うでしょ！　時差《じさ》の点《てん》から考《かんが》えても、私《わたし》がロンドンを発《た》つ前《まえ》に、あなたの宿題《しゅくだい》のことを知《し》ってるはずない！」

「……………おお、名推理《めいすいり》」

アリスはポンと手《て》を打《う》った。

言《い》われてみれば、その通《とお》りである。

と、その時《とき》。

「おにょ？」

ソファーで寝《ね》そべっていたＰ《ピー》・Ｐ《ピー》・ジュニアがスマートフォンの液晶画面《えきしょうがめん》から顔《かお》を上《あ》げ、シャーリーがいることに気《き》がついた。

「勝手《かって》に入《はい》り込《こ》んで何《なに》してるんです？」

「あなたの方《ほう》は失礼《しつれい》、ていうか、気《き》がつくの遅《おそ》すぎ！」

シャーリーはＰ《ピー》・Ｐ《ピー》・ジュニアの鼻先《はなさき》――というかクチバシ先《さき》――に人《ひと》さし指《ゆび》を突《つ》きつけてから、キョロキョロとあたりを見渡《みわた》す。

「ところで、アリス・リドルはどこ？」

「それが……………そのです」

答《こた》えに困《こま》るアリス。

「今《いま》は捜査中《そうさちゅう》です」

助《たす》け船《ぶね》を出《だ》したのはP《ピー》・P《ピー》・ジュニアだった。


実《じつ》はアリス・リドルは、夕星《ゆうずつ》アリスのもうひとつの姿《すがた》。

探偵見習《たんていみなら》いの夕星《ゆうずつ》アリスは、先祖《せんぞ》から伝《つた》わる指輪《ゆびわ》の力《ちから》を借《か》りて鏡《かがみ》の国《くに》に行《い》き、そこで名《めい》探偵《たんてい》アリス・リドルに変身《へんしん》することができる。そして、アリス・リドルの正体《しょうたい》が夕星《ゆうずつ》アリスであることを知《し》っているのはP《ピー》・P《ピー》・ジュニアただひとり、いや、ただ1羽《わ》なのだ。


「あの子《こ》だけはいつも忙《いそが》しいのね。ここ、ヒマそうなのに」

シャーリーは眉《まゆ》をひそめた。

「ピキ〜ッ！　よけいなお世話《せわ》ですよ〜っ！」

P《ピー》・P《ピー》・ジュニアは黄色《きいろ》い水《みず》かきで床《ゆか》をペタタタタタ〜ッと叩《たた》く。

「それで、何《なん》の御用《ごよう》でしょう？」

アリスは改《あらた》めてシャーリーに尋《たず》ねた。

「あのね～！　ニューヨーク本社《ほんしゃ》からだいぶ前《まえ》に連絡《れんらく》が来《き》てるでしょ⁉」

シャーリーはそう言《い》って髪《かみ》をかき上《あ》げる。

「本社《ほんしゃ》からの連絡《れんらく》、見《み》たくないんですよね～。文句《もんく》ばっかり言《い》われるから」

Ｐ《ピー》・Ｐ《ピー》・ジュニアは視線《しせん》を泳《およ》がせてつぶやく。

「……………ったく。じゃあ、私《わたし》の口《くち》から説明《せつめい》するわね」

呆《あき》れ果《は》てたという顔《かお》でシャーリーは続《つづ》けた。

「今回《こんかい》、ペンギン探偵社《たんていしゃ》は世界的《せかいてき》な知名度《ちめいど》を上《あ》げるために、所属《しょぞく》する名探偵《めいたんてい》が活躍《かつやく》する姿《すがた》をいろいろな動画《どうが》サイトにアップすることにしたの」

「……………………………………もしや、その撮影《さつえい》を日本《にほん》で？」

２分半《ふんはん》ほどかけて、アリスは理解《りかい》した。

考《かんが》えるのが人《ひと》よりもだいぶ遅《おそ》いアリスとしては、これでもかなり早《はや》い方《ほう》だ。

「そう！　そして、最初《さいしょ》の動画《どうが》の主人公《しゅじんこう》となるのが、人気《にんき》、業績《ぎょうせき》ともにトップの美少女探《びしょうじょたん》偵《てい》であるこの私《わたし》！　シャーリー・ホームズなのよ！」

シャーリーは自分《じぶん》の胸《むね》に手《て》を当《あ》てて、クイッとあごを上《あ》げる。

「そんな動画《どうが》、ロンドンで撮《と》ればいいじゃないですか～」

P《ピー》・P《ピー》・ジュニアは面倒《めんどう》くさそうだ。

「これは日本《にほん》支社《ししゃ》の売《う》り上《あ》げアップのためでもあるのよ。分《わ》かってるでしょ、日本《にほん》支社《ししゃ》の業績《ぎょうせき》が、各地《かくち》の支社《ししゃ》の中《なか》でも最低《さいてい》レベルだってこと？」

シャーリーは容赦《ようしゃ》なく指摘《してき》した。

「そ、そ、そんなことは～」

P《ピー》・P《ピー》・ジュニアは目《め》を伏《ふ》せたが、反論《はんろん》できる要素《ようそ》がない。

「圧倒的《あっとうてき》にお給料《きゅうりょう》が少《すく》ないことは確《たし》かですね」

まだ見習《みなら》いのアリスは、時給《じきゅう》が２ケタ。

何《なん》だか、いろいろと法律《ほうりつ》に違反《いはん》していそうな金額《きんがく》である。

「日本《にほん》で撮《と》った動画《どうが》が話題《わだい》になれば、この支社《ししゃ》も有名《ゆうめい》になる。で、依頼人《いらいにん》が増《ふ》えて収入《しゅうにゅう》も増《ふ》えるでしょ」

と、シャーリー。

「なるほど。完璧《かんぺき》な計画《けいかく》です」

アリスは感心《かんしん》して拍手《はくしゅ》した。

「日本《にほん》で撮《と》る動画《どうが》なら、私《わたし》を主人公《しゅじんこう》にすべきでは？」

Ｐ《ピー》・Ｐ《ピー》・ジュニアはまだ不服《ふふく》そうだ。

「何言《なにい》ってるの？　私《わたし》の方《ほう》がず～っと有名《ゆうめい》じゃない？　特《とく》にイギリスやＥＵ《イーユー》諸国《しょこく》だと、私《わたし》が解決《かいけつ》した事件《じけん》が話題《わだい》にならない日《ひ》はないくらいよ」

シャーリーは胸《むね》を張《は》る。

アリスにとっては初耳《はつみみ》だったが、本人《ほんにん》がそう言《い》っているのだから、間違《まちが》いないだろう。

「で、具体的《ぐたいてき》に日本《にほん》でどんな動画《どうが》を撮《と》るつもりなんです？」

Ｐ《ピー》・Ｐ《ピー》・ジュニアは画面《がめん》を閉《と》じて、スマートフォンをテーブルに置《お》いた。

「そうね。すぐにでも、大《おお》きな事件《じけん》が起《お》きてくれればいいんだけど」

日本《にほん》の治安《ちあん》にとっては、よろしくないことを口《くち》にするシャーリー。

「それまでは別《べつ》の動画《どうが》を撮《と》ることにするわ！　動画《どうが》といえばまず食《しょく》レポ！　手始《てはじ》めに日本《にほん》料理《りょうり》を制覇《せいは》するわよ！」

本来《ほんらい》の探偵業《たんていぎょう》とは、まったく関係《かんけい》がない話《はなし》である。

――のだが。

「寿司《すし》に天《てん》ぷら………」

P《ピー》・P《ピー》・ジュニアは、想像《そうぞう》しただけでよだれを垂《た》らしそうになっていた。

「いくらかかるんでしょう?」

アリスにとっては、食事《しょくじ》にかかる金額《きんがく》の方《ほう》が恐《おそ》ろしい。

「ちなみに、撮影《さつえい》に関《かか》わる費用《ひよう》はすべてニューヨークの本社《ほんしゃ》が出《だ》すそうよ」

シャーリーはつけ足《た》した。

「ネットで最高級《さいこうきゅう》和食店《わしょくてん》を検索《けんさく》して、予約《よやく》です!」

P《ピー》・P《ピー》・ジュニアは、すかさずお出《で》かけ用《よう》のアザラシ形《がた》リュックをヒレに取《と》った。

「りょ~かいです!」

アリスも今《いま》まで見《み》せたことのないような機敏《きびん》な動《うご》きで、スマートフォンを操作《そうさ》する。

もちろん。

探《さが》すのは、これを逃《のが》すと一生《いっしょう》行《い》けないようなグルメサイト5つ星《ぼし》の名店《めいてん》だ。

(ここから近《ちか》くて………やたら高《たか》いお店《みせ》)

そして。

ひとつの高級《こうきゅう》日本料理店《にほんりょうりてん》が、アリスの目《め》に留《と》まった。

一同《いちどう》が選《えら》んだのは、赤妃《あかひ》グループのホテルのひとつ、『ゴージャス・シュープリーム・ハイパー・ロイヤル・リゾート赤妃《あかひ》』の最上階《さいじょうかい》にある超高級料亭《ちょうこうきゅうりょうてい》だった。

大木《たいぼく》を割《わ》ったような木製《もくせい》の看板《かんばん》には、荒々《あらあら》しい太《ふと》い筆字《ふでじ》で『とどろ喜《き》』と書《か》いてある。

「とどろ喜《き》……とどろき…………轟《とどろき》？　何《なに》か嫌《いや》な予感《よかん》がしますね～」

P《ピー》・P《ピー》・ジュニアは看板《かんばん》を見上《みあ》げてつぶやく。

「テーブル席《せき》の個室《こしつ》をお願《ねが》い。私《わたし》、正座《せいざ》できないの」

暖簾《のれん》をくぐり、出迎《でむか》えた案内係《あんないがかり》の人《ひと》にシャーリーがそう告《つ》げると、一同《いちどう》は奥《おく》の個室《こしつ》に案《あん》内《ない》される。

シャーリーが個室《こしつ》を選《えら》んだのは、撮影《さつえい》で他《ほか》のお客《きゃく》に迷惑《めいわく》をかけないためもあるのだろう。

P《ピー》・P《ピー》・ジュニアがシャーリーと向《む》かい合《あ》うように、アリスはシャーリーの右隣《みぎどなり》に座《すわ》る。

テーブルにはすでに布表紙《ぬのびょうし》の分厚《ぶあつ》いメニューが置《お》かれていたので、緊張《きんちょう》しながらもそれを開《ひら》くと――。

(……うぁお)

アリスはまたも固《かた》まった。

中《なか》には耳《みみ》にしたこともある料理《りょうり》もあったけれど、半分以上《はんぶんいじょう》はよく分《わ》からないものばかり。

お造《つく》りというのは、刺身《さしみ》だと聞《き》いたことがある気《き》がする。

でも、奉書焼《ほうしょや》きや紙鍋《かみなべ》にいたっては、何《なに》が出《で》てくるのか想像《そうぞう》することさえ難《むずか》しい。

「しょ~は何《なに》にします?」

参考《さんこう》までに、アリスは聞《き》いてみることにした。

「天《てん》ぷら」

P《ピー》・P《ピー》・ジュニアに迷《まよ》いはないようだ。

「あなたも好《す》きなの食《た》べなさい」

アリスが固《かた》まっているのを見《み》て、シャーリーは促《うなが》す。

ここは料亭《りょうてい》だから、食《た》べられないようなものは出《で》てこないだろうけど――。

「お任《まか》ちぇしましゅ」

アリスは噛《か》みながらも、シャーリーに丸投《まるな》げした。

「じゃあ。ペンギンには天《てん》ぷら懐石《かいせき》。この子《こ》には特上寿司懐石《とくじょうすしかいせき》。私《わたし》はうなぎ御膳《ごぜん》」

シャーリーが仲居《なかい》さんを呼《よ》んで注文《ちゅうもん》を告《つ》げた。

しばらく待《ま》っていると。

「がはははは～っ！　ペンギンが来《き》たというからのぞいてみれば、やはりP《ピー》・P《ピー》・ジュニアと小娘《こむすめ》か～っ！」

偉《えら》そうな和服姿《わふくすがた》のおじさんが、胸《むね》を張《は》りながら姿《すがた》を現《あらわ》した。

「……………やっぱり、出《で》てきそうな気《き》がしました」

アリスはおじさんを見《み》てつぶやく。

このおじさんは、自称日本一《じしょうにほんいち》のグルメの料理評論家《りょうりひょうろんか》、轟大福《とどろきだいふく》。

大福《だいふく》が絡《から》む事件《じけん》に、ペンギン探偵社《たんていしゃ》は何度《なんど》か関《かか》わったことがあるのだ。

「こ、ここはあなたのお店《みせ》なんですか～？」

P《ピー》・P《ピー》・ジュニアが頬《ほお》をヒクヒクさせながら大福《だいふく》に尋《たず》ねる。

「いいや！　ここは我《わ》が輩《はい》の弟《おとうと》がやっている店《みせ》なのだ！　いい店《みせ》なので、これからも贔屓《ひいき》にするがいいぞ、がはははは～っ！」

大福《だいふく》は笑《わら》った。

と、そこに。

「兄《にい》さん、何《なに》やってるんです！　どうも済《す》みません！　私《わたし》、板長《いたちょう》の轟満福《とどろきまんぷく》と申《もう》します！」

大福《だいふく》のあとを追《お》いかけてきたかのように板前姿《いたまえすがた》のおじさんが個室《こしつ》に入《はい》ってきて、P《ピー》・P《ピー》・ジュニアたちに挨拶《あいさつ》した。

「聞《き》けば、うちのしょ～もない兄《あに》が何度《なんど》もお世話《せわ》になっているそうで！　ご迷惑《めいわく》をかけたお詫《わ》びに、今日《きょう》はサービスさせていただきます！」

満福《まんぷく》はP《ピー》・P《ピー》・ジュニアとアリスに深々《ふかぶか》と頭《あたま》を下《さ》げる。

顔《かお》はどことなく似《に》ているけれど、目立《めだ》ちたがり屋《や》で威張《いば》り屋《や》の大福《だいふく》と比《くら》べ、こちらの満《まん》福《ぷく》さんはいい人《ひと》そうだ。

「で、そちらの見知《みし》らぬ女《おんな》の子《こ》はペンギンの友《とも》だちか？」

大福《だいふく》はシャーリーを見《み》て尋《たず》ねる。

「仕事仲間《しごとなかま》よ。ペンギン探偵社《たんていしゃ》ロンドン支社《ししゃ》の探偵《たんてい》」

と、シャーリー。

「うむ！　では、探偵《たんてい》の女《おんな》の子《こ》よ！　我《わ》が輩《はい》に会《あ》った記念《きねん》に、我《わ》が輩《はい》が先月出《せんげつだ》した世紀《せいき》の料理本《りょうりぼん》、『轟大福《とどろきだいふく》の生活習慣病《せいかつしゅうかんびょう》まっしぐら！』をサイン入《い》りで進呈《しんてい》しよう！　ついでに我《わ》が輩《はい》とのツーショット写真《しゃしん》も！」

大福《だいふく》はアリスの手《て》からスマートフォンを奪《うば》うと、強引《ごういん》にシャーリーと肩《かた》を組《く》んで自撮《じど》りする。

「兄《にい》さん、よしなさいって！　し、失礼《しつれい》しました！　すぐに料理《りょうり》を用意《ようい》いたします！」

満福《まんぷく》は大福《だいふく》の首根《くびね》っこをつかむと、引《ひ》きずるようにして部屋《へや》から出《で》て行《い》った。

「………ここ、本当《ほんとう》にいい店《みせ》なの？」

やっと大福《だいふく》の姿《すがた》が消《き》えると、シャーリーは眉《まゆ》をひそめて囁《ささや》いた。

そう尋《たず》ねられると、グルメサイトの☆印《じるし》を鵜呑《うの》みにしていたアリスも、何《なん》だか心配《しんぱい》になってくる。

けれど、それから少《すこ》しして。

「こちらが天《てん》ぷら懐石《かいせき》でございます」

Ｐ《ピー》・Ｐ《ピー》・ジュニアの前《まえ》に海老《えび》と鱚《きす》、ホタテ、それに季節《きせつ》の野菜《やさい》を揚《あ》げた天《てん》ぷらと刺身《さしみ》、小鉢料理《こばちりょうり》をいくつか添《そ》えた御膳《ごぜん》が運《はこ》ばれてきた。

「こちらが特上寿司《とくじょうすし》懐石《かいせき》」

次《つぎ》に、アリスの前《まえ》に色鮮《いろあざ》やかな握《にぎ》り寿司《ずし》が並《なら》んだ。

「そして、こちらがうなぎ御膳《ごぜん》でございます」

最後《さいご》にシャーリーのうな重《じゅう》のセット。もちろん、肝吸《きもす》い付《つ》きである。

「これが高級《こうきゅう》なお寿司《すし》というもの……」

アリスの瞳《ひとみ》が思《おも》わず潤《うる》む。

(タマゴとキュウリとプリン以外《いがい》のお寿司《すし》は、伝説《でんせつ》の存在《そんざい》だと思《おも》っていました)

何《なん》と、注文《ちゅうもん》していないのに、季節《きせつ》の野菜《やさい》と豆腐《とうふ》を使《つか》った小鉢料理《こばちりょうり》と数品《すうしな》の天《てん》ぷら、おまけにお吸《す》い物《もの》までもがついていた。感慨《かんがい》ひとしおのアリスは、さっそくスマートフォンを目《め》の前《まえ》に置《お》かれた料理《りょうり》に向《む》けて動画《どうが》を撮《と》る。

「一生《いっしょう》の記念《きねん》になります」

ちなみに。

プリンは回転寿司店《かいてんずしてん》なら流《なが》れてくるが、寿司《すし》ではない。

「私《わたし》を撮《と》るのを忘《わす》れないようにしなさいよ。日本《にほん》に来《き》た感《かん》じを出《だ》すための、オープニング映像《えいぞう》で使《つか》うんだから」

シャーリーはアリスに釘《くぎ》を刺《さ》す。

「りょ～かいです」

アリスはうなぎ御膳《ごぜん》を中心《ちゅうしん》に、シャーリーも画面《がめん》に収《おさ》まるように撮《と》った。

「せっかくですから、コメントは後《あと》で入《い》れることにして、熱《あつ》いうちに～」

その間《あいだ》に、Ｐ《ピー》・Ｐ《ピー》・ジュニアはもう天《てん》ぷらに箸《はし》をつけている。

「そうね。アリス、撮《と》りながら食《た》べていいわよ」

シャーリーは許可《きょか》を出《だ》したが、アリスはふたつのことを同時《どうじ》にできるほど器用《きよう》ではない。

スマートフォンを左手《ひだりて》に持《も》ち替《か》え、右手《みぎて》に箸《はし》を持《も》ったまま、アリスはまたまた固《かた》まる。

「私《わたし》が撮《と》りますよ～」

見《み》かねたＰ《ピー》・Ｐ《ピー》・ジュニアが撮影《さつえい》を代《か》わってくれた。

これでようやく、アリスも待望《たいぼう》のお寿司《すし》を口《くち》にできる。

――と思《おも》ったけれど。

慣《な》れていないアリスは手《て》に取《と》った寿司《すし》をひっくり返《かえ》し、ネタの方《ほう》に醤油《しょうゆ》をつけるというのがうまくできない。

「ほよ？」

寿司《すし》のほとんどが、無残《むざん》にも醤油《しょうゆ》の小皿《こざら》の上《うえ》でシャリとネタとに分離《ぶんり》する。

「なかなか……苦戦《くせん》を」

「ああもう！　…………ほら」

見《み》かねたシャーリーは寿司《すし》を手《て》に取《と》り、醤油《しょうゆ》をつけてアリスの口《くち》に器用《きよう》に運《はこ》んだ。

同《おな》じイギリス生《う》まれでも、日本《にほん》にいた時間《じかん》が圧倒的《あっとうてき》に短《みじか》いシャーリーの方《ほう》がアリスに食《た》べ方《かた》を指導《しどう》している感《かん》じである。

普段《ふだん》のアリスなら、深《ふか》～く落《お》ち込《こ》むところだが。

「素晴《すば》らしく美味《おい》ちいです」

高級寿司《こうきゅうずし》に感動《かんどう》し、落《お》ち込《こ》むどころではない。

「……この子《こ》、いろいろと大丈夫《だいじょうぶ》なの？」

アリスの将来《しょうらい》への不安《ふあん》が隠《かく》せないシャーリーだった。

「じゃあ、次《つぎ》はスイーツの店《みせ》に行《い》きましょ～！　この近《ちか》くに、なかなか美味《おい》しい洋菓子店《ようがしてん》があるんですよ～♡」

おなかいっぱいで上機嫌《じょうきげん》になったP《ピー》・P《ピー》・ジュニアは、スキップをしながら次《つぎ》の店《みせ》を目《め》指《ざ》した。

（満福《まんぷく》さんにサービスでメロンまでつけてもらったのに？）

アリスが呆《あき》れた視線《しせん》をP《ピー》・P《ピー》・ジュニアに向《む》けたその時《とき》。

「………ちょ～っと待《ま》って！」

シャーリーが腕組《うでぐ》みをして仁王立《におうだ》ちになった。

「このまま丸一日《まるいちにち》、食《しょく》レポで潰《つぶ》すつもり？　探偵社《たんていしゃ》の動画《どうが》なのよ！」

「食《しょく》レポやりたいって言《い》ったの、自分《じぶん》のくせに～」

P《ピー》・P《ピー》・ジュニアはクチバシを――もともと尖《とが》っているけど――尖《とが》らせた。

「では、何《なに》を撮《と》りましょうか？」

レンズをシャーリーに向《む》けたまま、アリスは尋《たず》ねる。

「ドッキリ動画《プランク》はどうですか〜？」

P《ピー》・P《ピー》・ジュニアが提案《ていあん》した。

「ほら、よくあるでしょ？　ゴリラのマスクを被《かぶ》ってエレベーターに乗《の》るとか、自分《じぶん》が捨《す》てたバナナの皮《かわ》ですってんころりんと転《ころ》んだり？」

「どうしてそんな恥《は》ずかしいことしなくちゃいけないのよ！」

当然《とうぜん》、シャーリーは断固拒否《だんこきょひ》だ。

「私《わたし》も自分《じぶん》ではやりませんが、あなたがやるところは見《み》てみたいなあ〜と」

約《やく》1羽《わ》から、需要《じゅよう》はあるようだ。

「だ・か・ら！　さっきも言《い》った通《とお》り！　足《た》りないのは事件《じけん》よ、事件《じけん》！」

シャーリーは主張《しゅちょう》する。

確《たし》かに、ペンギン探偵社《たんていしゃ》の宣伝《せんでん》のための動画《どうが》なのだから、探偵《たんてい》の活躍《かつやく》を格好良《かっこうよ》く見《み》せるのが本来《ほんらい》の姿《すがた》である。だけど、事件《じけん》は「起《お》きてくれ」と願《ねが》ったところで、都合《つごう》よく転《ころ》がり込《こ》んでくるものではない。

「にゅう。では、犬捜《いぬさが》しの仕事《しごと》がないか、聞《き》いてみますね～」

P《ピー》・P《ピー》・ジュニアは、スマートフォンを取《と》り出《だ》した。

「ええっと、大泊《おおどまり》さんの番号《ばんごう》は……これですね」

大金持《おおがねも》ちの大泊《おおどまり》さんご夫婦《ふうふ》は、ペンギン探偵社《たんていしゃ》の常連《じょうれん》さん。

月《つき》に2、3回《かい》はペンギン探偵社《たんていしゃ》に愛犬捜《あいけんさが》しを依頼《いらい》してくれる。

大泊《おおどまり》さんの愛犬《あいけん》、ウェスト・ハイランド・ホワイト・テリアのマシュマロボーイは、しょっちゅう迷子《まいご》になっている方向音痴犬《ほうこうおんちけん》なのだ。

「違《ちが》～う！　何《なん》で飛行機《ひこうき》に乗《の》って日本《にほん》まで来《き》て、犬捜《いぬさが》ししないといけないのよ！　もっとほら、閲覧数《えつらんすう》を稼《かせ》げそうな派手《はで》な事件《じけん》を撮《と》らないとダメでしょ！　連続殺人《れんぞくさつじん》とか、爆破《ばくは》テロとか！」

シャーリーはスマートフォンをP《ピー》・P《ピー》・ジュニアから取《と》り上《あ》げる。

「それでなくても、白瀬市《しらせし》は平和《へいわ》なんですよ～。無理言《むりい》わないでください」

「……事件《じけん》は無《な》し、食《しょく》レポも無《な》し。どうしたものやら？」

途方《とほう》に暮《く》れるアリスも、いったん撮影《さつえい》を中断《ちゅうだん》する。

「動画《どうが》で探偵社《たんていしゃ》の人気《にんき》アップなんて簡単《かんたん》だと思《おも》ってたのに、考《かんが》えが甘《あま》かったみたいね」

シャーリーも反省《はんせい》し、考《かんが》え込《こ》む。

「では、取《と》りあえず踊《おど》ってみるのはどうでしょ〜？」

と、提案《ていあん》したのはP《ピー》・P《ピー》・ジュニアだった。

「私《わたし》、あまりダンスしたことないんだけど？」

シャーリーはあまり乗《の》り気《き》とは言《い》えない表情《ひょうじょう》を浮《う》かべる。

「でも、確《たし》かにダンスの動画《どうが》は人気《にんき》がありますよ」

アリスのクラスメートの中《なか》にも、ダンス動画《どうが》をアップしている者《もの》が数名《すうめい》いるが、どれもそこそこ高評価《こうひょうか》を集《あつ》めていた。

「とにかく適当《てきとう》に動《うご》いてくださ〜い。後《あと》からBGM《ビージーエム》をつけて、ダンスだって言《い》い張《は》れば何《なん》とかなりますよ〜」

P《ピー》・P《ピー》・ジュニアは、シャーリーの前《まえ》で自《みずか》ら踊《おど》ってみせる。

背中《せなか》を下《した》にしてクルクル回《まわ》ったり、右《みぎ》ヒレだけで体《からだ》を支《ささ》えて停止《ていし》したり、華麗《かれい》なステップを水《みず》かきで見《み》せたり――。

流石《さすが》、ヒマな時《とき》はダンス・ゲームで鍛《きた》えているだけあって、妙《みょう》にうまい。

「と、こんな感《かん》じでやってくれれば」

ダンスをやめたP《ピー》・P《ピー》・ジュニアは、アリスに声《こえ》をかける。

「では、撮影再開《さつえいさいかい》です」

「了解《ら～じゃ～》」

アリスはスマートフォンのカメラをシャーリーに向《む》けた。

「ちょ、待《ま》ってよ！　ここで撮《と》るの!?　街中《まちなか》で!?」

「動画《どうが》の閲覧数《えつらんすう》アップのためですってば～」

と、P《ピー》・P《ピー》・ジュニア。

「………うう、こんな屈辱的《くつじょくてき》な」

シャーリーは涙目《なみだめ》になりながらも、体《からだ》を動《うご》かし始《はじ》めた。

「もっと激《はげ》しく！　目立《めだ》ちまくって！　笑顔《えがお》！　目線《めせん》こっち！」

P《コ》・P《ー》・ジュニア《チ》の指導《しどう》の声《こえ》が飛《と》ぶ。

「あ、後《あと》で覚《おぼ》えてなさいよ！」

怒鳴《どな》り返《かえ》すシャーリーの顔《かお》は、恥《は》ずかしさで真《ま》っ赤《か》になっている。

あまりダンスはしたことがないという言葉通《ことばどお》り、シャーリーの動《うご》きはアリスの目《め》から見《み》てもかなり危《あぶ》ない人《ひと》っぽい。

おまけに音楽無《おんがくな》しなので、アリスとしても誰《だれ》かに通報《つうほう》されないかと気《き》が気《き》ではない。

実際《じっさい》、通《とお》りすがりの人《ひと》たちは何事《なにごと》かと足《あし》を止《と》めてシャーリーを囲《かこ》み、中《なか》には面白《おもしろ》がってか、自分《じぶん》のスマートフォンに彼女《かのじょ》の姿《すがた》を収《おさ》めようとする人《ひと》もいるくらいなのだ。

と、その時《とき》。

大通《おおどお》りの向《む》かい側《がわ》、銀行《ぎんこう》の建物《たてもの》の前《まえ》に地味《じみ》な乗用車《じょうようしゃ》が停《と》まった。

エンジンをかけたまま、3人《にん》の男《おとこ》が車《くるま》から降《お》りてくる。

3人《にん》は銀行《ぎんこう》のドアの前《まえ》で覆面《ふくめん》を被《かぶ》った。

「………あれは？」

3人組《にんぐみ》に気《き》がついたシャーリーが、奇妙《きみょう》な動《うご》き——本人《ほんにん》の中《なか》ではダンス——をやめた。

「ツイてるわね。動画《どうが》のいいネタが向《む》こうからやって来《き》たわ」

額《ひたい》の汗《あせ》を拭《ぬぐ》うシャーリーの口元《くちもと》に、不敵《ふてき》な笑《え》みが浮《う》かぶ。

「はて?」

何故《なぜ》ツイているのか分《わ》からず、アリスは首《くび》をかしげた。

「銀行《ぎんこう》の前《まえ》に停車《ていしゃ》し、3人組《にんぐみ》が出《で》てきて覆面《ふくめん》をする。そして車《くるま》はエンジンをかけたまま。この意味《いみ》、分《わ》かるでしょ?」

シャーリーは呆《あき》れたような目《め》をアリスに向《む》けた。

「銀行強盗《ぎんこうごうとう》ですよ~」

P《ピー》・P《ピー》・ジュニアがアリスにこっそりと教《おし》える。

「あの車《くるま》のナンバープレートが映《うつ》るように回《まわ》り込《こ》みながら撮影《さつえい》して。撮影《さつえい》はこれでね」

シャーリーはそう告《つ》げると、黒縁《くろぶち》の眼鏡《めがね》をアリスの顔《かお》にかけた。

「スマートグラスよ。これをスマートフォンに連動《リンク》させれば、自分《じぶん》が目《め》にしてるそのまま、強盗《ごうとう》たちにバレないように撮影《さつえい》できるから」

「……うぁお」

スマートグラスをかけるのは、アリスも初《はじ》めてである。ポシェットに入《い》れたままスマートフォンをタップして撮影《さつえい》する方法《ほうほう》を教《おそ》わった後《あと》、アリスはシャーリーの合図《あいず》で、ポシェットの中《なか》のスマートフォンの液晶画面《えきしょうがめん》をタップし、撮影《さつえい》を開始《かいし》する。

強盗《ごうとう》らしき3人組《にんぐみ》が銀行《ぎんこう》に入《はい》って十数秒《じゅうすうびょう》ほど間隔《かんかく》を置《お》いてから、通《とお》りを渡《わた》ったＰ《ピー》・Ｐ《ピー》・ジュニアたちも何食《なにく》わぬ顔《かお》で銀行《ぎんこう》に向《む》かう。

「強盗事件《ごうとうじけん》への対応《たいおう》で大切《たいせつ》なこと」

自動《じどう》ドアを通《とお》りながら、シャーリーはアリスに向《む》かって、というか、動画《どうが》の視聴者相手《しちょうしゃあいて》に解説《コメント》する。

「まずは犯人《はんにん》の人数《にんずう》の確認《かくにん》。次《つぎ》に、銃《じゅう》が本物《ほんもの》かどうか見極《みきわ》めるの。それから、全部《ぜんぶ》で銃《じゅう》は何挺《なんちょう》か、残弾数《ざんだんすう》はどれくらいかを判断《はんだん》。犯人《はんにん》たちの位置《いち》と、その死角《しかく》はどこかを分析《ぶんせき》する」

「参考《さんこう》になります」

頷《うなず》いたアリスがシャーリーの撮影《さつえい》を続《つづ》けながら、不自然《ふしぜん》な横歩《よこある》きで銀行《ぎんこう》に入《はい》ると——。

「おい、金《かね》をありったけ出《だ》せ！」

ちょうど強盗《ごうとう》のひとりが、窓口《まどぐち》の女性《じょせい》の前《まえ》に立《た》って銃《じゅう》を抜《ぬ》いたところだった。

女性《じょせい》に向《む》けた銃《じゅう》がオモチャに見《み》えるほど、大柄《おおがら》な男《おとこ》である。

他《ほか》には——。

入口付近《いりぐちふきん》で、警備員《けいびいん》の鼻先《はなさき》に銃口《じゅうこう》を突《つ》きつけながら外《そと》の様子《ようす》をうかがう中肉中背《ちゅうにくちゅうぜい》の男《おとこ》がひとり。待《ま》ち合《あ》い席《せき》のベンチの前《まえ》、怯《おび》えているお客《きゃく》さんたちに銃《じゅう》をチラつかせている長身《ちょうしん》で痩《や》せた男《おとこ》がひとり。車《くるま》に残《のこ》っている人物《じんぶつ》を加《くわ》えると、強盗《ごうとう》は全部《ぜんぶ》で4人《にん》だ。

(窓口《まどぐち》に立《た》っている人《ひと》が強盗《ごうとう》Aさん《エー》で、警備員《けいびいん》さんに銃《じゅう》を向《む》けながら外《そと》を見張《みは》っているのが強盗《ごうとう》Bさん《ビー》。ベンチのそばでお客《きゃく》さんが逃《に》げないように牽制《けんせい》しているのが強盗《ごうとう》Cさん《シー》)

取《と》りあえず、アリスはそう覚《おぼ》えておくことにした。

「そこそこ手慣《てな》れた強盗《ごうとう》ね。事件《じけん》が起《お》きていることを外《そと》から気《き》づかれないように、扉《とびら》をチェーンで留《と》めて入《はい》れないようにしたりしない。全員《ぜんいん》を縛《しば》り上《あ》げたりしようとすれば、抵抗《ていこう》される可能性《かのうせい》があるから、銃《じゅう》で牽制《けんせい》するだけにしておく」

ここでまたシャーリーが解説《コメント》する。

「どうした！　急《いそ》げ！」

強盗《ごうとう》A《エー》が窓口《まどぐち》の女性《じょせい》に向《む》かって声《こえ》を張《は》り上《あ》げた。

「撃《う》たれたくないんなら、スマートフォンに触《さわ》るのはやめておけ」

と、強盗C《ごうとうシー》もお客《きゃく》さんたちを見渡《みわた》してそう告《つ》げる。

しかし。

「整理券《せいりけん》を取《と》ってお待《ま》ちください」

窓口係《まどぐちがかり》の真面目《まじめ》そうな女性《じょせい》は、強盗A《ごうとうエー》に向《む》かって愛想《あいそ》のない声《こえ》でそう告《つ》げた。

「……あ、はい」

意表《いひょう》を突《つ》かれた強盗A《ごうとうエー》は素直《すなお》に窓口《まどぐち》を離《はな》れ、柱《はしら》の横《よこ》にある整理券《せいりけん》の発券機《はっけんき》の方《ほう》に向《む》かう。

「はいじゃねえだろ！」

強盗A《ごうとうエー》は、強盗C《ごうとうシー》に怒鳴《どな》られる。どうやらこちらの方《ほう》が強盗団《ごうとうだん》のリーダーのようだ。

「お前《まえ》のせいで兄貴《あにき》に怒《おこ》られただろうが！　ふざけんじゃねえぞ！　金《かね》を出《だ》せ！」

強盗A《ごうとうエー》は、また同《おな》じ窓口《まどぐち》に戻《もど》って銃《じゅう》を振《ふ》り回《まわ》した。

「順番《じゅんばん》をお守《まも》りください」

窓口《まどぐち》のお姉《ねえ》さんは、表情《ひょうじょう》ひとつ変《か》えずにそう返《かえ》す。

「あのな！」

「お・ま・も・り・く・だ・さ・い」

「……はい」

強盗A《ごうとうエー》はシュンとなって整理券《せいりけん》を取《と》りに行《い》き、おとなしくベンチに座《すわ》る。

そして、少《すこ》しして。

【整理券番号《せいりけんばんごう》48　5番窓口《ばんまどぐち》】という案内《あんない》が、壁《かべ》の電光掲示板《でんこうけいじばん》に点灯《てんとう》した。

先程《さきほど》の窓口《まどぐち》に戻《もど》ってきた強盗A《ごうとうエー》は、イライラした口調《くちょう》でさっきのお姉《ねえ》さんに告《つ》げる。

「急《いそ》げ！」

「通帳《つうちょう》と印鑑《いんかん》をお願《ねが》いします」

お姉《ねえ》さんは言《い》った。

「んなもんあるか！」

強盗A《ごうとうエー》の声《こえ》が裏返《うらがえ》る。

「では、カードで？」

お姉《ねえ》さんは動《どう》じない。

「だ～か～ら～！　預金《よきん》を引《ひ》き出《だ》すんじゃない！　俺《おれ》たちは強盗《ごうとう》だ！」

「では、新《あたら》しく口座《こうざ》をお開《ひら》きになるということでしょうか、ええっと――」

お姉《ねえ》さんは書類《しょるい》を用意《ようい》する。

「…………名字《みょうじ》が強《ごう》、名前《なまえ》が盗《とう》ですね？」

「違《ちが》～う！　名前《なまえ》が強盗《ごうとう》の訳《わけ》ないだろ！」

強盗《ごうとう》A《エー》は地団駄《じだんだ》を踏《ふ》むと、強盗《ごうとう》C《シー》を振《ふ》り返《かえ》り、情《なさ》けない声《こえ》を出《だ》す。

「兄貴《あにき》～、他《ほか》の銀行《ぎんこう》にした方《ほう》がよくねえか？」

「そうはいかないんだよ！　いろいろとあってな！」

強盗《ごうとう》C《シー》も窓口《まどぐち》までやって来《く》ると、お姉《ねえ》さんの眉間《みけん》に銃口《じゅうこう》を押《お》し当《あ》てる。

「ふざけてねえで金庫《きんこ》を開《あ》けて、有《あ》り金全部《がねぜんぶ》出《だ》してこい！　さもないとお前《まえ》の頭《あたま》に風穴開《かざあなあ》けるぞ！」

「生憎《あいにく》、窓口《まどぐち》の行員《こういん》には金庫《きんこ》は開《あ》けられません。支店長《してんちょう》をお呼《よ》びしますので、お待《ま》ちください」

窓口《まどぐち》のお姉《ねえ》さんはそう強盗《ごうとう》たちに告《つ》げると、呼《よ》び出《だ》しボタンらしきものを押《お》す。

「あの人《ひと》」

シャーリーが、窓口《まどぐち》のお姉《ねえ》さんを見《み》ながらアリスに囁《ささや》く。

「肩《かた》の動《うご》きを観察《かんさつ》して分《わ》かったんだけど、最初《さいしょ》に強盗《ごうとう》が現《あらわ》れた時《とき》、机《つくえ》の下《した》にある別《べつ》のボタンを膝《ひざ》で押《お》してたわ。たぶん、警察《けいさつ》に直接連絡《ちょくせつれんらく》が行《い》く通報《つうほう》ボタンね」

「なるほど、あのダラダラした対応《たいおう》は、警察《けいさつ》が来《く》るまでの時間稼《じかんかせ》ぎですね？」

アリスはスマートグラスを操作《そうさ》し、シャーリーの顔《かお》のアップを撮影《さつえい》しながら頷《うなず》く。

「いえ！　私《わたし》、前《まえ》も来《き》たことがあるから知《し》ってますが、あのお姉《ねえ》さんはず～っとあんな感《かん》じです！　この銀行《ぎんこう》に口座《こうざ》を持《も》ってるペンギンなんて私《わたし》だけなのに、書類《しょるい》の字《じ》が間違《まちが》っているから書《か》き直《なお》せだの、身元確認《みもとかくにん》の免許証《めんきょしょう》やマイナンバーカードを持《も》って来《こ》いだの！」

どうやらP《ピー》・P《ピー》・ジュニアは、あのお姉《ねえ》さんが苦手《にがて》なようだ。

「警察《けいさつ》が来《く》るまで、10分《ぷん》というところかしら？　優秀《ゆうしゅう》な探偵《たんてい》としては、それまでに犯人《はんにん》を捕《つか》まえたいところね」

P《ピー》・P《ピー》・ジュニアの文句《もんく》を聞《き》き流《なが》し、シャーリーがつぶやいたその時《とき》。

「お、お客様《きゃくさま》や行員《こういん》に乱暴《らんぼう》しないでください。わ、わ、私《わたし》が人質《ひとじち》になりますので」

奥《おく》の方《ほう》から、小柄《こがら》で気《き》の弱《よわ》そうなスーツ姿《すがた》の中年男性《ちゅうねんだんせい》が姿《すがた》を現《あらわ》した。

「…………いいだろう」

強盗《ごうとう》C《シー》は中年男性《ちゅうねんだんせい》の方《ほう》に進《すす》み出《で》て、銃《じゅう》を突《つ》きつける。

「支店長《してんちょう》、金庫《きんこ》が奥《おく》にあるんだろう？　俺《おれ》たちを案内《あんない》しろ」

強盗《ごうとう》C《シー》は中年男性《ちゅうねんだんせい》に命《めい》じた。

「そ、そんなことはできません。クビになってしまいます」

銃《じゅう》に怯《おび》えきった支店長《してんちょう》は、半泣《はんな》きの顔《かお》で首《くび》を横《よこ》に振《ふ》る。

「そうか、なら――」

強盗《ごうとう》C《シー》は天井《てんじょう》に銃《じゅう》を向《む》け、引《ひ》き金《がね》を引《ひ》いた。パンッという音《おと》がして、天井《てんじょう》に穴《あな》が開《あ》く。

「わ、分《わ》かりました！　だから、お客様《きゃくさま》や部下《ぶか》を傷《きず》つけないでください！」

支店長《してんちょう》は降参《こうさん》した。

「最初《さいしょ》からそう言《い》えばよかったな」

強盗《ごうとう》C《シー》は銃《じゅう》を下《お》ろした。

「こちらです」

肩《かた》を落《お》とした支店長《してんちょう》が、奥《おく》の部屋《へや》に向《む》かって歩《ある》き出《だ》す。

この瞬間《しゅんかん》。

強盗全員《ごうとうぜんいん》がP《ピー》・P《ピー》・ジュニアやアリスたちに背《せ》を向《む》ける形《かたち》になった。

シャーリーがさっき解説《コメント》した『死角《しかく》』ができたのだ。

隙《すき》さえ突《つ》ければ、シャーリーとP《ピー》・P《ピー》・ジュニアのひとりと1羽《わ》――基本的《きほんてき》にアリスは戦力外《せんりょくがい》――で、強盗《ごうとう》3人程度《にんていど》なら倒《たお》すことは簡単《かんたん》である。

(今《いま》よ!)

(うにゅ!)

だが、シャーリーとP《ピー》・P《ピー》・ジュニアが視線《しせん》を交《か》わし、動《うご》こうとしたその時《とき》。

銀行入口《ぎんこういりぐち》の自動《じどう》ドアが開《あ》いた。

「がはははっ!」

そこに現《あらわ》れたのは、さっき会《あ》ったばかりの和服姿《わふくすがた》のおじさんだった。

「おおっ! 再《ふたた》び銀行《ぎんこう》で顔《かお》を合《あ》わせることになるとは! 奇遇《きぐう》だな、探偵《たんてい》たち!」

そう。

最悪《さいあく》のタイミングで、銀行《ぎんこう》にあの轟大福《とどろきだいふく》が入《はい》ってきたのである。

「天下《てんか》の轟大福《とどろきだいふく》こと我《わ》が輩《はい》は、オヤツを買《か》うためのお金《かね》をおろしに銀行《ぎんこう》にやって来《き》たのだが、お主《ぬし》らは何《なん》の用《よう》かな、探偵《たんてい》たちよ⁉」

アリスたちに気《き》がついた大福《だいふく》は、ご丁寧《ていねい》にも『探偵《たんてい》たち』を繰《く》り返《かえ》した。

「探偵《たんてい》だと⁉」

強盗《ごうとう》A《エー》が、大福《だいふく》の視線《しせん》の先《さき》にいるアリスたちの方《ほう》を振《ふ》り返《かえ》る。

「こっちに来《こ》い！」

強盗《ごうとう》B《ビー》が大福《だいふく》につかつかと歩《あゆ》み寄《よ》る。

「………何《なん》だ、貴様《きさま》ら？」

大福《だいふく》は首《くび》をかしげた。

「これで分《わ》かるか？」

大福《だいふく》の鼻先《はなさき》に、強盗《ごうとう》B《ビー》が握《にぎ》る銃《じゅう》が突《つ》きつけられる。

「うむむ、分《わ》かったああああっ！　運悪《うんわる》く銀行強盗事件《ぎんこうごうとうじけん》に巻《ま》き込《こ》まれるとはあああ
あ～っ！　天下《てんか》の轟大福《とどろきだいふく》、一生《いっしょう》の不覚《ふかく》っ！」

やっと状況《じょうきょう》を理解《りかい》した大福《だいふく》は、おとなしく両手《りょうて》を上《あ》げる。

「た、た、探偵《たんてい》ってのはどいつだ⁉」

強盗《ごうとう》A《エー》がアリスたちの方《ほう》に向《む》かって声《こえ》を張《は》り上《あ》げた。

「私《わたし》です」

「私《わたし》よ」

「右《みぎ》に同《おな》じ」

P《ピー》・P《ピー》・ジュニア、シャーリー、アリスが順番《じゅんばん》に頷《うなず》いてみせた。

他《ほか》のお客《きゃく》さんを巻《ま》き込《こ》む訳《わけ》にはいかない。

「おいおい、ガキと動物《どうぶつ》じゃねえか」

強盗《ごうとう》A《エー》はホッとした顔《かお》になる。

「動物《どうぶつ》ではないですよ、鳥類《ちょうるい》です」

と、P《ピー》・P《ピー》・ジュニアは訂正《ていせい》を入《い》れる。

「どうでもいいんだよ！」

強盗《ごうとう》C《シー》が上着《うわぎ》のポケットから結束《けっそく》バンドを取《と》り出《だ》し、強盗《ごうとう》A《エー》に向《む》かって投《な》げる。

「もしもってことがある。こいつら、動《うご》けないようにしておけ」

「分《わ》かったぜ」

強盗《ごうとう》A《エー》は結束《けっそく》バンドを取《と》ると、シャーリーに向《む》かって手《て》を伸《の》ばした。

その瞬間《しゅんかん》。

「甘《あま》いのよ！」

シャーリーは、近《ちか》づいてきた強盗《ごうとう》A《エー》の手首《てくび》にキックを見舞《みま》った。

弾《はじ》き飛《と》ばされた銃《じゅう》が宙《ちゅう》を舞《ま》い、床《ゆか》に落《お》ちて回転《かいてん》する。

その銃《じゅう》を拾《ひろ》おうと駆《か》け出《だ》すシャーリー。

だが、その時《とき》。

「がはははは〜っ！　愚《おろ》かな強盗《ごうとう》どもめ！　この我《わ》が輩《はい》、轟大福《とどろきだいふく》がビビっているふりをしていただけで、大胆《だいたん》かつ不敵《ふてき》な男《おとこ》だとは分《わ》からなかったようだな！　この銃《じゅう》を奪《うば》ってお前《まえ》らをやっつけ、新聞《しんぶん》の第《だい》1面《めん》に載《の》って人気者《にんきもの》になるのだ！」

轟大福《とどろきだいふく》も、銃《じゅう》に向《む》かって飛《と》び出《だ》していた。

そして。

悲劇《ひげき》が起《お》こった。

「わっ！　何《なに》!?」

「小娘《こむすめ》、邪魔《じゃま》だ！」

シャーリー・ホームズと轟大福《とどろきだいふく》。

銃《じゅう》を拾《ひろ》おうとしたふたりは、見事《みごと》に正面衝突《しょうめんしょうとつ》した。

ガツン！

額《ひたい》と額《ひたい》がぶつかる鈍《にぶ》い音《おと》。

美少女名探偵《びしょうじょめいたんてい》と料理評論家《りょうりひょうろんか》は目《め》を回《まわ》し、同時《どうじ》に床《ゆか》に伸《の》びた。

「……こいつら、何《なん》だったんだ？」

強盗B《ごうとうビー》が呆《あき》れ果《は》てた顔《かお》で、シャーリーと大福《だいふく》が背中合《せなかあ》わせになるようにふたりの手首《てくび》を
結束《けっそく》バンドで固定《こてい》した。

ついでに。

「これは落《お》ち込《こ》みますね」

アリスも手首《てくび》に結束《けっそく》バンドをはめられ——。

「ピキ〜ッ！　こんな屈辱《くつじょく》、許《ゆる》しませんよ〜っ！」

ヒレのせいで結束《けっそく》バンドが使《つか》えないP《ピー》・P《ピー》・ジュニアは、お客《きゃく》さんに配《くば》るポケットティ

ッシュが入《はい》っていた段《だん》ボール箱《ばこ》に、頭《あたま》を下《した》にして押《お》し込《こ》まれた。

「お前《まえ》は金庫《きんこ》を開《あ》けろ」

強盗《ごうとう》C《シー》が改《あらた》めて支店長《してんちょう》に命《めい》じ、アリスのこめかみに銃口《じゅうこう》を押《お》し当《あ》てた。

「妙《みょう》な動《うご》きはするな。何《なに》かしようとしたら、このガキの頭《あたま》が吹《ふ》っ飛《と》ぶぜ」

頭《あたま》を吹《ふ》っ飛《と》ばされるのは、流石《さすが》のアリスも嫌《いや》である。

「わ、分《わ》かりました。こちらへ」

支店長《してんちょう》は渋々《しぶしぶ》、奥《おく》にある金庫《きんこ》の方《ほう》に強盗《ごうとう》C《シー》を案内《あんない》する。

もちろん、銃《じゅう》を突《つ》きつけられたアリスも一緒《いっしょ》に移動《いどう》した。


「赤妃銀行《あかひぎんこう》グループのセキュリティは厳重《げんじゅう》でして」

金庫室《きんこしつ》に入《はい》った支店長《してんちょう》は、すくみ上《あ》がりながらも金庫《きんこ》を開《あ》ける作業《さぎょう》にかかった。

16ケタの暗証番号《あんしょうばんごう》とワンタイム・パスワード、指紋認証《しもんにんしょう》、虹彩《こうさい》――瞳《ひとみ》の中《なか》の模様《もよう》――認《にん》証《しょう》、それに――。

「あ～、本日《ほんじつ》もボロ儲《もう》け、本日《ほんじつ》もボロ儲《もう》け」

音声認証《おんせいにんしょう》で、金庫《きんこ》は初《はじ》めて開《あ》けられる仕組《しく》みになっていた。

分厚《ぶあつ》い扉《とびら》がゆっくりと開《ひら》くと、そこには一万円札《いちまんえんさつ》の束《たば》が数《かぞ》えきれないほど積《つ》まれていた。

「………うぁお」

いろいろな事件《じけん》に関《かか》わってきたアリスも、これだけの量《りょう》のお札《さつ》を目《め》にする機会《きかい》はあまりない。

「詰《つ》められるだけ、こいつに詰《つ》めろ」

強盗C《ごうとうシー》は支店長《してんちょう》に命《めい》じ、背負《せお》っていたバッグにお札《さつ》を入《い》れさせた。

バッグがいっぱいになると、さらに支店長《してんちょう》の両手《りょうて》にもお札《さつ》を抱《かか》えさせる。

と、その時《とき》。

アリスの耳《みみ》に聞《き》き覚《おぼ》えのある音《おと》が飛《と》び込《こ》んできた。

(シャーリーさんの言《い》った通《とお》りでした)

警察《けいさつ》のパトカーのサイレンである。

やはり、窓口《まどぐち》のお姉《ねえ》さんが警報《けいほう》ボタンで通報《つうほう》していたのだ。

「……ちっ!」

強盗《ごうとう》C《シー》はアリスと支店長《してんちょう》を連《つ》れて急《いそ》ぎ足《あし》でロビーに戻《もど》ると、窓《まど》から外《そと》の様子《ようす》を観察《かんさつ》する。

車《くるま》に残《のこ》っていた運転手役《うんてんしゅやく》の強盗《ごうとう》は、もう捕《つか》まったようだ。

銀行《ぎんこう》の正面《しょうめん》は5、6台《だい》のパトカーで逃《に》げられないように包囲《ほうい》され、集《あつ》まった警官《けいかん》の数《かず》も20人近《にんちか》く。久《ひさ》しぶりの大《おお》きな事件《じけん》なので、白瀬署《しらせしょ》の面々《めんめん》も張《は》り切《き》っているようだ。

警官《けいかん》の中《なか》には、アリスもよく知《し》っている名垂警部《なだれけいぶ》や冬吹刑事《ふぶきけいじ》もいる。

「どうやって切《き》り抜《ぬ》けるのかしら？　ここは日本《にほん》。犯人《はんにん》が要求《ようきゅう》したって、警察《けいさつ》は逃走用《とうそうよう》の車両《しゃりょう》なんか用意《ようい》してくれないわよ」

ロビーで大福《だいふく》と背中合《せなかあ》わせに立《た》たされていたシャーリーが、戻《もど》ってきた強盗《ごうとう》C《シー》にからかうように声《こえ》をかける。

「意外《いがい》と早《はや》かったたな」

と、つぶやいたのは、外《そと》を見張《みは》りながら、お客《きゃく》に銃《じゅう》を向《む》けている強盗《ごうとう》B《ビー》。

「ど、ど、どうしよう、兄貴《あにき》⁉」

窓口《まどぐち》の強盗《ごうとう》A《エー》が、オロオロしながら強盗《ごうとう》C《シー》を見《み》る。

「警察《けいさつ》との交渉《こうしょう》が必要《ひつよう》でしたら、こちらの番号《ばんごう》で連絡《れんらく》できますが？」

窓口《まどぐち》のお姉《ねえ》さんが、電話番号《でんわばんごう》が書《か》かれたメモを、強盗《ごうとう》A《エー》に渡《わた》そうとする。

「お前《まえ》な！　こちとら強盗《ごうとう》だぞ！　怖《こわ》がるとかしろよ！」

お姉《ねえ》さんに怒鳴《どな》る強盗《ごうとう》A《エー》の声《こえ》は裏返《うらがえ》っている。

「当銀行《とうぎんこう》の防犯《ぼうはん》マニュアルには、怖《こわ》がれとは書《か》かれておりません」

こちらは冷静《れいせい》な声《こえ》のお姉《ねえ》さん。

「マニュアルがすべてかよ！」

「はい。お仕事《しごと》においてはマニュアルが法律《ほうりつ》、マニュアルがすべてです」

窓口《まどぐち》のお姉《ねえ》さんは言《い》いきった。

と、その時《とき》。

「お前《まえ》らは包囲《ほうい》されている！　おとなしく出《で》てこい！」

聞《き》き覚《おぼ》えのある声《こえ》が、銀行《ぎんこう》の中《なか》に向《む》かって拡声器《かくせいき》で呼《よ》びかけた。

P《ピー》・P《ピー》・ジュニアの古《ふる》くからの知《し》り合《あ》い、名垂警部《なだれけいぶ》の声《こえ》だ。

「命《いのち》が惜《お》しけりゃ、おとなしく人質《ひとじち》を解放《かいほう》しろ！」

警部《けいぶ》の声《こえ》が響《ひび》き渡《わた》る。

「こっちにはな、先週《せんしゅう》ボーイフレンドに振《ふ》られたばかりで銃《じゅう》を撃《う》ちまくりたがってる刑事《けいじ》がいるんだ！」

「警部《けいぶ》、なんてことバラすんです！」

こちらは冬吹刑事《ふぶきけいじ》の声《こえ》。

「ええい、上司《じょうし》を蹴《け》るんじゃない！　これも交渉術《こうしょうじゅつ》だ！」

「そんなんだから、年頃《としごろ》の娘《むすめ》さんに嫌《きら》われるんですよ！」

「おま、それを言《い》ったらおしまいだろ！」

「…………拡声器《かくせいき》をオンにしたまま、警察内《けいさつない》で揉《も》めないで欲《ほ》しいですね～」

やっと段《だん》ボール箱《ばこ》からはい出《だ》したＰ《ピー》・Ｐ《ピー》・ジュニアが、肩《かた》をすくめる。

「マズいわね。警察《けいさつ》が突入《とつにゅう》して解決《かいけつ》しちゃうと出番《でばん》がなくなるわ」

強盗《ごうとう》たちとは別《べつ》の意味《いみ》で、シャーリーが危機感《ききかん》を覚《おぼ》える。

しかし。

「落《お》ち着《つ》け。こんな時《とき》のために秘密《ひみつ》の逃走経路《とうそうけいろ》を用意《ようい》している」

強盗《ごうとう》Ｃ《シー》は、冷静《れいせい》に仲間《なかま》に声《こえ》をかけた。

「さすがは兄貴《あにき》だ！」

強盗A《ごうとうエー》は安堵《あんど》の声《こえ》を上《あ》げる。

「マジかよ？」

と、こちらは不審《ふしん》げに眉《まゆ》をひそめる強盗B《ごうとうビー》。

「ついて来《こ》い」

強盗C《ごうとうシー》は仲間《なかま》に命《めい》じると、銃口《じゅうこう》をシャーリーに突《つ》きつけた。

「探偵《たんてい》たち、お前《まえ》らは人質《ひとじち》だ」

「我《わ》が輩《はい》は探偵《たんてい》ではないぞ～っ！　だから逃《に》がしてくれ～！」

背中合《せなかあ》わせになっていて、シャーリーから離《はな》れられない轟大福《とどろきだいふく》が顔《かお》をクシャクシャにして訴《うった》える。

「ツイてなかったな」

強盗C《ごうとうシー》は素《そ》っ気《け》なく告《つ》げると、仲間《なかま》や支店長《してんちょう》、P《ピー》・P《ピー》・ジュニアとシャーリー、轟大福《とどろきだいふく》、アリスを連《つ》れて地下《ちか》に続《つづ》く階段《かいだん》の方《ほう》へと向《む》かった。

「このビルは戦前《せんぜん》からのもので、古《ふる》い防空壕《ぼうくうごう》が地下《ちか》にまだ残《のこ》っている。で、その防空壕《ぼうくうごう》は別《べつ》の防空壕《ぼうくうごう》と地下通路《ちかつうろ》でつながっているらしい」

階段《かいだん》を下《お》りながら、強盗C《ごうとうシー》は仲間《なかま》に説明《せつめい》していた。

「地下道《ちかどう》をたどれば、別《べつ》のビルに出《で》られるってことか？　あんたがここまで計画《けいかく》しているとはな、正直《しょうじき》、驚《おどろ》いたぜ」

強盗B《ごうとうビー》は唸《うな》る。

「ていうか――」

強盗A《ごうとうエー》は後《うし》ろを振《ふ》り返《かえ》り、ついてくる窓口《まどぐち》のお姉《ねえ》さんをしっしっと追《お》い払《はら》おうとした。

「お前《まえ》はついてくるな。人質《ひとじち》が多《おお》すぎるだろ！」

「そうはまいりません。当行《とうこう》の防犯《ぼうはん》マニュアルには、お客様《きゃくさま》の安全《あんぜん》を優先事項《ゆうせんじこう》とし、人質《ひとじち》には自《みずか》ら進《すす》んでなるように、とあります」

窓口《まどぐち》のお姉《ねえ》さんは顔色《かおいろ》ひとつ変《か》えずにそう返《かえ》した。

地下《ちか》にはいくつか部屋《へや》があったが、強盗C《ごうとうシー》は廊下《ろうか》の突《つ》き当《あ》たりまで真《ま》っ直《す》ぐに進《すす》むと、正面《しょうめん》の壁《かべ》を勢《いきお》いよく蹴《け》った。壁《かべ》は薄《うす》いベニヤ板《いた》で、簡単《かんたん》に穴《あな》が開《あ》く。

「ここだ。聞《き》いてた通《とお》りだな」

強盗C《ごうとうシー》は穴《あな》に手《て》をかけてベニヤ板《いた》を引《ひ》きはがすと、暗視《あんし》ゴーグルを仲間《なかま》に渡《わた》してさらに奥《おく》へと進《すす》んでいった。

ちなみに。

暗視《あんし》ゴーグルは、光《ひかり》を増幅《ぞうふく》して暗《くら》いところでものがはっきり見《み》えるようにできるゴーグルのことである。

「なるほど、かなり古《ふる》い地下道《ちかどう》ですね」

と、左右《さゆう》の様子《ようす》をうかがいながら進《すす》むP《ピー》・P《ピー》・ジュニア。

ここはずっと閉鎖《へいさ》されていたらしく、床《ゆか》には埃《ほこり》が積《つ》もっている。

ただ。

薄暗《うすぐら》いのではっきりとは見《み》えないが、下見《したみ》に来《き》た人間《にんげん》のものらしき靴跡《くつあと》がいくつか残《のこ》っているのがアリスにも分《わ》かった。

「ここを右《みぎ》に曲《ま》がり、あとは真《ま》っ直《す》ぐだ。25メートル進《すす》んだ先《さき》の階段《かいだん》を上《あ》がれば、別《べつ》のビルの地下駐車場《ちかちゅうしゃじょう》に出《で》られる。前《まえ》もって逃走用《とうそうよう》の車《くるま》をもう1台《だい》、そっちに停《と》めてある。警察《けいさつ》がのんきに俺《おれ》たちが出《で》てくるのを待《ま》っている間《あいだ》に、さっさと金《かね》を持《も》って白瀬市《しらせし》からおさらばだ」

十字路《じゅうじろ》に出《で》たところで、強盗C《ごうとうシー》は仲間《なかま》に告《つ》げた。

「分《わ》け前《まえ》は……ひとり何億《なんおく》だ？」

強盗B《ごうとうビー》はすでに分《わ》け前《まえ》の計算《けいさん》を始《はじ》めている。

「すげえな、兄貴《あにき》は！　準備《じゅんび》、完璧《かんぺき》じゃねえか！」

こちらは、ひたすら感心《かんしん》する強盗A《ごうとうエー》。

「いいから、急《いそ》げ」

強盗C《ごうとうシー》は進《すす》み続《つづ》ける。

「ちょっと！　私《わたし》が前《まえ》を歩《ある》くから、あなたは後《うし》ろを向《む》いて！」

「そうはいかん！　人生一直線《じんせいいっちょくせん》！　我《わ》が輩《はい》、轟大福《とどろきだいふく》は決《けっ》して！　決《けっ》して、後《うし》ろ向《む》きには進《すす》んではならぬのだあああっ！」

背中合《せなかあ》わせに結束《けっそく》バンドで固定《こてい》されたシャーリーと轟大福《とどろきだいふく》は、かなり歩《ある》きにくそうだ。

「鏡《かがみ》は？」

歩調《ほちょう》を緩《ゆる》め、アリスに並《なら》んだP《ピー》・P《ピー》・ジュニアが、強盗《ごうとう》たちに聞《き》こえないように囁《ささや》く。

「ポシェットの中《なか》ですが――」

アリスは結束《けっそく》バンド付《つ》きの手首《てくび》を見《み》せて、鏡《かがみ》が取《と》り出《だ》せないことを示《しめ》す。

「――こんな感《かん》じなので」

「なるほど、では……おっとっと！」

P《ピー》・P《ピー》・ジュニアはよろけたふりをしてアリスにぶつかると、ポシェットから素早《すばや》く鏡《かがみ》を取《と》り出《だ》して、アリスに向《む》かって放《ほう》った。

アリスはそれを空中《くうちゅう》で――。

「………あう」

つかめるはずもなく、体《からだ》をひねり、しゃがみながら何《なん》とか湿《しめ》った床《ゆか》に落《お》ちたのを拾《ひろ》い上《あ》げる。

「鏡《ミラー》よ、鏡《ミラー》」

次《つぎ》の瞬間《しゅんかん》。

アリスは鏡《かがみ》を通《とお》り抜《ぬ》け、何《なに》もない空間《くうかん》にふんわりと浮《う》かんでいた。

はるか遠《とお》く、星《ほし》のように見《み》えるのはすべて鏡《かがみ》。

この鏡《かがみ》の国《くに》と外《そと》を結《むす》ぶ出《で》入《い》り口《ぐち》だ。

そして。

「アリス・リドル登場《エンター、アリス・リドル》」

夕星《ゆうずつ》アリスは、名探偵《めいたんてい》アリス・リドルへと変身《へんしん》した。

地味《じみ》な――でもお気《き》に入《い》りの――私服《しふく》はトランプ柄《がら》に彩《いろど》られた空色《そらいろ》のワンピースに変化《へんか》し、それに合《あ》わせて髪《かみ》を留《と》めているリボンの色《いろ》も変化《へんか》している。

「単純《エレメンタリー》な強盗事件《ごうとうじけん》だと思《おも》っていましたが、そうじゃない気《き》がします」

アリスはそうつぶやくと、アリスと同《おな》じように空中《くうちゅう》に浮《う》かんでいる、大《おお》きなクマのヌイグルミのおなかの上《うえ》にちょこんと座《すわ》った。

鏡《かがみ》の国《くに》の時間《じかん》の流《なが》れは、外《そと》の世界《せかい》よりもはるかに遅《おそ》い。

鏡《かがみ》の国《くに》での数日《すうじつ》、数《すう》か月《げつ》も、外《そと》の世界《せかい》ではほんの一瞬《いっしゅん》。
だから、のんびりしたアリスでも、慌《あわ》てずにじっくりと推理《すいり》することができるのだ。
アリスが目《め》を閉《と》じると、周囲《しゅうい》の鏡《かがみ》がアリスを中心《ちゅうしん》にゆっくりと回《まわ》り始《はじ》めた。
鏡《かがみ》は次第《しだい》に速度《そくど》を上《あ》げて、光《ひかり》の弧《こ》を描《えが》き出《だ》す。
（他《ほか》の銀行《ぎんこう》に——）
（そうはいかないんだよ！）
（聞《き》いてた通《とお》りだな）
アリスの頭《あたま》の中《なか》を、強盗《ごうとう》たちが交《か》わしていた言葉《ことば》が駆《か》け巡《めぐ》る。
そして、あの靴跡《くつあと》。
（あれは強盗《ごうとう》３人組《にんぐみ》のものとはサイズが違《ちが》っていました。でも——）
頭上《ずじょう》を駆《か》け巡《めぐ》っていた鏡《かがみ》が動《うご》きを止《と》め、アリスは目《め》を開《ひら》いた。

こちらの世界《せかい》に飛《と》び出《だ》すように戻《もど》ったアリス・リドルはスマートフォンを強盗《ごうとう》たちに向《む》

けて、画面上《がめんじょう》のハートのアイコンをタップした。

「フラッシュ・ボム！」

液晶画面《えきしょうがめん》に並《なら》ぶアイコンは、鏡《かがみ》の国《くに》のアイテム・ショップ、帽子屋《ぼうしや》からもらった七《なな》つ道具《どうぐ》。フラッシュ・ボムもそのひとつである。

タップした次《つぎ》の瞬間《しゅんかん》、アリスのスマートフォンから閃光《せんこう》が迸《ほとばし》った。フラッシュ・ボムが何《なん》であるか知《し》っているP《ピー》・P《ピー》・ジュニアとシャーリーはアリスの声《こえ》に反射的《はんしゃてき》に目《め》を閉《と》じる。

「備《そな》えあれば憂《うれ》い無《な》し。と、マニュアルにあります」

窓口《まどぐち》のお姉《ねえ》さんも反射神経《はんしゃしんけい》がいいのか、とっさに顔《かお》を背《そむ》けて無事《ぶじ》。

でも、強盗《ごうとう》たちや支店長《してんちょう》、轟大福《とどろきだいふく》はそうはいかない。

「目《め》が～っ！」

轟大福《とどろきだいふく》は顔《かお》を手《て》で覆《おお》い、大《おお》げさに騒《さわ》ぐ。

「ひいいい～っ！」と、支店長《してんちょう》も。

「くっ、何《なに》も見《み》えねえ！」

「何《なに》が起《お》きた!?」

「兄貴《あにき》ぃ！」

光《ひかり》に敏感《びんかん》な暗視《あんし》ゴーグルをしていた強盗《ごうとう》たちは、仰《の》け反《ぞ》って固《かた》まる。

「うにゅっ、チャ～ンスです！」

P《ピー》・P《ピー》・ジュニアがすかさずダッシュし、強盗A《ごうとうエー》の胃《い》のあたりに頭突《ずつ》きを食《く》らわせて銃《じゅう》を奪《うば》った。

「こっちは任《まか》せて！」

シャーリーも大福《だいふく》を引《ひ》きずりながら、強盗B《ごうとうビー》のあごにキックを命中《めいちゅう》させる。

残《のこ》る強盗C《ごうとうシー》は——。

「ヴォーパルソード！」

七《なな》つ道具《どうぐ》のひとつ、A《エース》のアイコンをタップすると現《あらわ》れる剣《けん》を一閃《いっせん》させて、アリスが打《う》ち倒《たお》した。


10分後《ぷんご》。

銀行《ぎんこう》まで戻《もど》ったP《ピー》・P《ピー》・ジュニアたちは、強盗団《ごうとうだん》を名垂警部《なだれけいぶ》に引《ひ》き渡《わた》していた。

「いつもながら見事《みごと》だな、ジュニアの旦那《だんな》」

強盗《ごうとう》たちに手錠《てじょう》をかけながら、名垂警部《なだれけいぶ》はP《ピー》・P《ピー》・ジュニアに笑《わら》いかける。

「ニュフン、今回《こんかい》はたまたまですよ、たまたま」

誉《ほ》められたP《ピー》・P《ピー》・ジュニアは得意《とくい》げだ。

一方《いっぽう》。

「今回《こんかい》は助《たす》かったわ。それにしても本当《ほんとう》にあなたって神出鬼没《しんしゅつきぼつ》ね、アリス・リドル」

シャーリーはアリスに話《はな》しかけていた。

「で、夕星《ゆうずつ》アリスは？　またどこに消《き》えたの？」

「……トイレです」

いい加減《かげん》、消《き》えた時《とき》のための他《ほか》の言《い》い訳《わけ》を用意《ようい》しておこうとアリスは心《こころ》に誓《ちか》う。

「それでだけど――」

シャーリーの視線《しせん》が、轟大福《とどろきだいふく》に運《はこ》ばせた札束《さつたば》の入《はい》ったバッグの方《ほう》に向《む》けられた。

そのそばにいるのは、窓口《まどぐち》のお姉《ねえ》さんと支店長《してんちょう》だ。

「大丈夫《だいじょうぶ》ですか？」

窓口《まどぐち》のお姉《ねえ》さんは、泣《な》きそうな顔《かお》で座《すわ》り込《こ》んでいる支店長《してんちょう》に声《こえ》をかけている。

「ええ、ホッとして腰《こし》が抜《ぬ》けてしまいましたが」

支店長《してんちょう》は何《なん》とか立《た》ち上《あ》がると、強盗《ごうとう》が持《も》ち出《だ》したお金《かね》を金庫室《きんこしつ》に戻《もど》そうと手《て》を伸《の》ばす。

「では、このお金《かね》は私《わたし》が——」

「ダメよ。それ、大切《たいせつ》な証拠品《しょうこひん》だから、いくら入《はい》っているのか警察《けいさつ》に数《かぞ》えてもらわないと」

シャーリーが腕《うで》をつかんで支店長《してんちょう》を止《と》めた。

「し、しかし銀行《ぎんこう》としては——」

と、視線《しせん》を泳《およ》がせる支店長《してんちょう》。

「ねえ、あなたがここに現《あらわ》れたということは、私《わたし》と同《おな》じ結論《けつろん》に達《たっ》してるわよね？」

シャーリーはアリスを振《ふ》り返《かえ》り、口元《くちもと》に笑《え》みを浮《う》かべる。

「たぶん」

アリスは頷《うなず》くと、強盗《ごうとう》たちを連《つ》れて銀行《ぎんこう》を出《で》ようとする警部《けいぶ》を呼《よ》び止《と》めた。

「もうひとり、逮捕《たいほ》すべき人物《じんぶつ》がいます」

「………おいおい、マジか？」

名垂警部《なだれけいぶ》は頭《あたま》を掻《か》いた。

「黒幕《くろまく》は――」

アリスとシャーリーは、ほぼ同時《どうじ》に同《おな》じ人物《じんぶつ》を指《ゆび》さしていた。

「支店長《してんちょう》、あなたです」

「あなたよ！」

「しょ、しょ、証拠《しょうこ》はあるのですか⁉」

支店長《してんちょう》の声《こえ》が裏返《うらがえ》る。

「いい？　強盗《ごうとう》たちはこの銀行《ぎんこう》の地下《ちか》の抜《ぬ》け道《みち》まで知《し》っていた。誰《だれ》かが情報《じょうほう》を漏《も》らしていたとしか考《かんが》えられないのよ」

シャーリーは髪《かみ》をかき上《あ》げた。

「それに、犯人《はんにん》のひとりは、この銀行《ぎんこう》じゃないとダメっぽいことを言《い》ってましたからね～」

どうやら、P《ピー》・P《ピー》・ジュニアも気《き》がついていたようである。

「情報《じょうほう》を漏《も》らしていたのはあなたです」

アリスが続《つづ》ける。

「夕星《ゆうずつ》アリスの話《はなし》によると、強盗《ごうとう》のひとりはあなたが名乗《なの》る前《まえ》に、支店長《してんちょう》と呼《よ》んだそうですね。前《まえ》に会《あ》ったことがあるからです」

「それに、地下道《ちかどう》にはあなたと同《おな》じサイズの靴跡《くつあと》が残《のこ》ってたわ。家宅捜索《かたくそうさく》すれば、あなたが下調《したしら》べの時《とき》に使《つか》った靴《くつ》が見《み》つかるはず」

と、シャーリー。

「！」

支店長《してんちょう》はアリスたちにクルリと背《せ》を向《む》けて逃《に》げ出《だ》そうとした。

もちろん。

「そうはいきません！」

このまま見逃《みのが》すP《ピー》・P《ピー》・ジュニアではない。

「スーパー・ライトニング・リュージュ・ミサイル！」

P《ピー》・P《ピー》・ジュニアは仰向《あおむ》けになって猛《もう》スピードで床《ゆか》を滑《すべ》ると、支店長《してんちょう》の横《よこ》に回《まわ》り込《こ》んでヒレで彼《かれ》の足《あし》を払《はら》った。

支店長《してんちょう》は空中《くうちゅう》で1回転《かいてん》して、仰向《あおむ》けに床《ゆか》に落《お》ちる。

「ひとついいこと教《おし》えてあげる」

シャーリーは満足《まんぞく》そうな笑《え》みを浮《う》かべて屈《かが》み込《こ》み、支店長《してんちょう》に告《つ》げた。

「無実《むじつ》の人《ひと》はまず、『自分《じぶん》はやっていない』と言《い》うの。『証拠《しょうこ》はあるのか？』なんて口《くち》にして、悪《わる》あがきするのは真犯人《しんはんにん》だけよ」

「逮捕《たいほ》よ、逮捕《たいほ》！」

冬吹刑事《ふぶきけいじ》が支店長《してんちょう》の腕《うで》をねじ上《あ》げ、手錠《てじょう》をかける。

「し、仕方《しかた》なかったんです！　オンライン・カジノのゲームで負《ま》けが込《こ》んで、それを取《と》り戻《もど》すためにさらに賭《か》けてまた負《ま》けて、その借金《しゃっきん》を取《と》り返《かえ》すために賭《か》けてまた負《ま》けて！　だから、銀行《ぎんこう》の金《かね》を使《つか》い込《こ》むしかなかったんですよ～！」

支店長《してんちょう》は涙目《なみだめ》で訴《うった》えた。

「同情《どうじょう》の余地《よち》はありませんね」

アリスは呆《あき》れ果《は》てる。

「それで、この連中《れんちゅう》を雇《やと》って銀行《ぎんこう》を襲《おそ》わせ、自分《じぶん》が使《つか》い込《こ》んだお金《かね》も強盗《ごうとう》たちのせいにしようとした」

連行《れんこう》される支店長《してんちょう》の後《うし》ろ姿《すがた》を見《み》ながら、シャーリーはさらに解説《コメント》を加《くわ》えた。

「強盗《ごうとう》が成功《せいこう》すれば完璧《かんぺき》な計画《けいかく》だったけど、私《わたし》がこの場《ば》に居合《いあ》わせたのが不幸《ふこう》だったわね」

シャーリーはそうまとめ、こっそり戻《もど》ってきたアリスを振《ふ》り返《かえ》る。

「どう？　私《わたし》の活躍《かつやく》、しっかり撮《と》れた？」

「バッチリです」

アリスは自信《じしん》を持《も》って大《おお》きく頷《うなず》いた。

「じゃあ、宿題《しゅくだい》、手伝《てつだ》ってあげてもいいわよ。早《はや》く探偵社《たんていしゃ》に帰《かえ》りましょ」

と、シャーリーはウインクする。

「大助《おおだす》かりです」

スマートグラスの奥《おく》のアリスの瞳《ひとみ》はキラキラと輝《かがや》いた。


しかし。

シャーリーは知《し》らなかった。

夕星《ゆうずつ》アリスが、現代人《げんだいじん》とは思《おも》えないほどの機械音痴《きかいおんち》だということを。

翌日《よくじつ》の午後《ごご》。

「これは貸《か》しよ」

1時間《じかん》ほどでシャーリーがまとめたイギリスに関《かん》するレポートはA《エー》4用紙《ようし》で30枚《まい》ほど。

このまま発表《はっぴょう》するには長《なが》すぎるほど、詳《くわ》しいものだった。

アリスのスマートフォンにはクラスのみんなからも質問《しつもん》や相談《そうだん》が来《き》ていたけれど、シャーリーはそれにも完璧《かんぺき》に答《こた》えてくれたので、アリスはみんなから感謝《かんしゃ》された。

「ところで、そっちは？」

ひと仕事《しごと》を終《お》えたシャーリーはアリスが淹《い》れてくれた紅茶《こうちゃ》のカップに唇《くちびる》をつけながら、タブレット型《がた》パソコンと格闘《かくとう》しているP《ピー》・P《ピー》・ジュニアに声《こえ》をかける。

「今《いま》、真剣《しんけん》に編集作業中《へんしゅうさぎょうちゅう》なので、静《しず》かにしていてください」

そう答《こた》えるP《ピー》・P《ピー》・ジュニアだったが、視線《しせん》が泳《およ》いでいるし、こめかみのあたりに冷《ひ》や汗《あせ》をかいている。

「…………何《なん》か、怪《あや》しい」

シャーリーはP《ピー》・P《ピー》・ジュニアの手《て》、ではなくヒレからパソコンを奪《うば》い取《と》った。

「あ〜っ！　見《み》ちゃダメですよ〜っ！」

P《ピー》・P《ピー》・ジュニアはピョンピョン跳《は》ねてタブレット型《がた》パソコンを取《と》り返《かえ》そうとするが、身長差《しんちょうさ》があるので届《とど》かない。

「ええっと、撮影《さつえい》した素材《そざい》は――」

シャーリーは動画《どうが》ファイルをタップして、アリスが撮影《さつえい》した映像《えいぞう》を開《ひら》く。

「え？」

最初《さいしょ》の動画《どうが》を見《み》た瞬間《しゅんかん》にシャーリーの表情《ひょうじょう》は固《かた》まった。

「じょ、冗談《じょうだん》でしょ？」

動画《どうが》を見《み》る度《たび》、シャーリーの顔《かお》は青《あお》ざめていった。

そして。

「な、な、何《なん》なのよ！　このNG集《エヌジーしゅう》みたいな面白動画《おもしろどうが》は!?」

パソコンをP《ピー》・P《ピー》・ジュニアに突《つ》っ返《かえ》したシャーリーは金切《かなき》り声《ごえ》を上《あ》げた。

「そ、それが――」

と、視線《しせん》を逸《そ》らすP《ピー》・P《ピー》・ジュニア。

「どこかのタイミングで停止《ていし》・撮影《さつえい》のボタンを押《お》し間違《まちが》えた、と思《おも》われる失態《しったい》があったようで～」

「…………うぁお」

つまりアリスは昨日一日中《きのういちにちじゅう》――。

カメラを止《と》めるべきところで撮影《さつえい》を開始《かいし》し、撮影《さつえい》すべきところで停止《ていし》する。

――を繰《く》り返《かえ》していたということだ。

その結果《けっか》。

映《うつ》っているのは、料亭《りょうてい》で轟大福《とどろきだいふく》に肩《かた》を組《く》まされた時《とき》の実《じつ》に嫌《いや》そうな顔《かお》や、街頭《がいとう》でBGM《ビージーエム》無《な》しに妙《みょう》な動《うご》きをしているところ、大福《だいふく》と頭《あたま》をぶつけて目《め》を回《まわ》したところ、つまり撮《と》ってはいけないところばかりだった。

「何《なん》とか編集《へんしゅう》でごまかそうとしたんですけどね～。ほら、ここをこうしたり～」

P《ピー》・P《ピー》・ジュニアは画面《がめん》に触《ふ》れて、編集《へんしゅう》を続《つづ》けようとする。

だが、ヒレがちょっと滑《すべ》って。

「……あ」

「い、今《いま》、何押《なにお》したの？」

強《こわ》ばるシャーリーの顔《かお》。

「途中《とちゅう》だったのに、間違《まちが》って動画《どうが》、アップしちゃいました～」

P《ピー》・P《ピー》・ジュニアはヒレを頭《あたま》に当《あ》てて、ペロリと舌《した》を出《だ》す。

「いやあああああ～っ！」

絶望《ぜつぼう》の悲鳴《ひめい》が探偵社《たんていしゃ》に響《ひび》き渡《わた》った。


そして翌週《よくしゅう》。

アリスはシャーリーがまとめてくれたイギリスに関《かん》するレポートを琉生《るい》と計太《けいた》に渡《わた》し、ふたりがそれをまとめてリリカが発表《はっぴょう》することになった。

結果《けっか》、評価《ひょうか》はA+《エープラス》。

B《ビー》以上《いじょう》の評価《ひょうか》をもらうのは、全科目《ぜんかもく》を通《つう》じてアリス史上初《しじょうはつ》の快挙《かいきょ》だった。

ファイル・ナンバー1

ロボットの反《はん》乱《らん》

放課後《ほうかご》。

アリスは図書室《としょしつ》にいた。

(これはここで……これはあっち)

図書委員《としょいいん》の当番《とうばん》で、貸《か》し出《だ》して戻《もど》ってきた本《ほん》を元《もと》あった場所《ばしょ》に戻《もど》す仕事《しごと》をしているのだ。

だけど、不思議《ふしぎ》なことに。

(はて？　さっきしまった本《ほん》が何故《なにゆえ》ここに？)

時間《じかん》が経《た》つにつれて、よけいに散《ち》らかっている気《き》がしてきた。

そして、分厚《ぶあつ》い本《ほん》を手《て》に首《くび》をかしげているアリスのすぐ横《よこ》では――。

「夕星《ゆうずつ》さん、それはこっちで」

「ほら、僕《ぼく》らに任《まか》せて」

図書委員《としょいいん》ではない響琉生《ひびきるい》と白兎計太《しらとけいた》が、テキパキと大量《たいりょう》の本《ほん》の整理《せいり》をしていた。

アリスだけに整理《せいり》を任《まか》せておいては永遠《えいえん》に終《お》わらない。

そのことを知《し》っているふたりは、見《み》かねて手伝《てつだ》いに来《き》ていたのだ。

「じゃあ、シャーリーさんは帰《かえ》ったんですか？　僕《ぼく》、久《ひさ》しぶりに会《あ》いたかったのに」

脚立《きゃたつ》にのぼり、背伸《せの》びして本《ほん》を戻《もど》している計太《けいた》が尋《たず》ねた。

「直接《ちょくせつ》ロンドンには戻《もど》らずに、この後《あと》、インドで撮影《さつえい》するらしいです。今度《こんど》はまともな動《どう》画《が》をアップするんだと張《は》り切《き》っていました」

アリスは山積《やまづ》みになっている本《ほん》をまとめて抱《かか》えようとして、数冊《すうさつ》を床《ゆか》に落《お》とす。

「インドにもペンギン探偵社《たんていしゃ》の支社《ししゃ》があるってこと？」

そう聞《き》いたのは、アリスが落《お》とした本《ほん》を拾《ひろ》い上《あ》げた琉生《るい》。

「……おそらく」

と、アリスが頷《うなず》いたその時《とき》。

カバンの中《なか》のスマートフォンの着信音《ちゃくしんおん》が鳴《な》り、メッセージが届《とど》いたことを告《つ》げた。

メッセージはP《ピー》・P《ピー》・ジュニアからのものだ。

森之奥生物工学研究所《もりのおくせいぶつこうがくけんきゅうじょ》から、捜査《そうさ》の依頼《いらい》が来《き》ました～♡
研究所《けんきゅうじょ》で待《ま》ち合《あ》わせしましょ～♫

森之奥生物工学研究所《もりのおくせいぶつこうがくけんきゅうじょ》というのは、県立森之奥高等学校内《けんりつもりのおくこうとうがっこうない》にある、国内最先端《こくないさいせんたん》の生物学《せいぶつがく》研究施設《けんきゅうしせつ》。

所長《しょちょう》であるジャック碇山《いかりやま》は、高校生《こうこうせい》にして世界的《せかいてき》に有名《ゆうめい》な天才生物学者《てんさいせいぶつがくしゃ》である。

ちょっと残念《ざんねん》なのは、ジャックの友《とも》だちには、自称《じしょう》『美少女怪盗《びしょうじょかいとう》』の赤《あか》ずきんや『犯罪《はんざい》芸術家《げいじゅつか》』を名乗《なの》るヘンゼルとグレーテルの姉弟《してい》など、ちょっと面倒《めんどう》な生徒《せいと》が多《おお》いことだ。

「呼《よ》び出《だ》しかい？」

メッセージに目《め》を通《とお》したアリスに、琉生《るい》が尋《たず》ねた。

「はい」

アリスはスマートフォンをカバンに戻《もど》しながら答《こた》える。

「じゃあ、ここは僕《ぼく》たちに任《まか》せて、早《はや》く行《い》くといいよ」

「そうですね」

琉生《るい》も計太《けいた》も、そう言《い》ってくれた。

「ありがとうございます」

アリスは本《ほん》を置《お》いて、急《いそ》いでP《ピー》・P《ピー》・ジュニアが待《ま》つ研究所《けんきゅうじょ》へと向《む》かった。


30分後《ぷんご》。


「…………ししょ〜？」

アリスがP《ピー》・P《ピー》・ジュニアを見《み》つけたのは、森之奥高校《もりのおくこうこう》の校門《こうもん》の陰《かげ》だった。

P《ピー》・P《ピー》・ジュニアはアリスの姿《すがた》に気《き》がつくと、ヒレを振《ふ》って呼《よ》び寄《よ》せる。

「研究所《けんきゅうじょ》で待《ま》っているはずでは？」

アリスはP《ピー》・P《ピー》・ジュニアに尋《たず》ねた。

「そのつもりだったんですが――」

声《こえ》をひそめるP《ピー》・P《ピー》・ジュニアは、校門《こうもん》の柱《はしら》からそっと半分《はんぶん》だけ身《み》を乗《の》り出《だ》し、校庭《こうてい》の方《ほう》をヒレさす。

「あれが気《き》になって」

「………うわぉ」

アリスも確《たし》かに気《き》になった。

ガタガタ音《おと》を立《た》てながら校庭《こうてい》を闊歩《かっぽ》しているのは、無数《むすう》のロボットだったのだ。

それも。

レトロなブリキのオモチャを扱《あつか》うサイトでしか見《み》たことのないような、丸《まる》いアンテナがついた四角《しかく》い頭《あたま》に四角《しかく》い胴体《どうたい》、それに電球《でんきゅう》の目玉《めだま》とヤットコのような手《て》を持《も》ったアンティークなロボットたちだったのだ。

（もしや、あれが噂《うわさ》に聞《き》く警備用《けいびよう》のロボット？）

と、アリスは一瞬思《いっしゅんおも》ったが、とにかくあんなデザインだし、とにかく数《かず》が多《おお》すぎだ。

「それに」

P《ピー》・P《ピー》・ジュニアは小声《こごえ》でアリスに囁《ささや》く。

「この時間《じかん》に部活《ぶかつ》をしている子《こ》も、下校《げこう》する子《こ》もいないなんて変《へん》でしょ？」

「…………………………………そういえば」

アリスも指摘《してき》され、周囲《しゅうい》に生徒《せいと》たちの姿《すがた》がないことに気《き》がつく。

考《かん》えてみると、駅《えき》からここまで来《く》る途中《とちゅう》でも、森之奥高校《もりのおくこうこう》の制服《せいふく》をまったく見《み》かけなかった。

校舎《こうしゃ》の方《ほう》に目《め》をやったが、すべての窓《まど》にはカーテンが引《ひ》かれていて、教室《きょうしつ》の様子《ようす》を外《そと》からうかがうことはできそうにない。

「あのロボットたち、校門《こうもん》の外《そと》にいる限《かぎ》り、こっちに近《ちか》づいてくる様子《ようす》はないので、無害《むがい》だとは思《おも》うんですが……とにかく、注意《ちゅうい》して研究所《けんきゅうじょ》に向《む》かいましょう」

「ですね」

1羽《わ》とひとりはロボットを避《よ》けながら慎重《しんちょう》な足取《あしど》りで校庭《こうてい》を横切《よこぎ》って、その先《さき》にある研究所《けんきゅうじょ》に向《む》かった。

結局《けっきょく》。

ロボットからは途中《とちゅう》で妨害《ぼうがい》を受《う》けることもなく、生物部《せいぶつぶ》の部室《ぶしつ》でもある研究所《けんきゅうじょ》の入口前《いりぐちまえ》に到着《とうちゃく》した。

インターフォンを押《お》すと、事故防止《じこぼうし》のために二重《にじゅう》になっている金属製《きんぞくせい》の重《おも》い扉《とびら》が開《あ》いた。

「お邪魔《じゃま》します」

と、声《こえ》をかけて、アリスたちは奥《おく》へと進《すす》む。

すると。

「来《き》てくれてありがとう。実《じつ》は困《こま》ったことになっちゃって」

白衣《はくい》を着《き》た高校生《こうこうせい》、ジャック碇山《いかりやま》が出《で》てきてアリスたちを出迎《でむか》えた。

「どうせ外《そと》のロボット関係《かんけい》だとは思《おも》いますが…………詳《くわ》しく聞《き》きましょうか？」

P《ピー》・P《ピー》・ジュニアは、アリスと視線《しせん》を交《か》わしてから切《き》り出《だ》す。

「引《ひ》き受《う》けてくれるんだね、じゃあ——」

ジャックがホッとした表情《ひょうじょう》を浮《う》かべ、話《はなし》を続《つづ》けようとしたところで。

「よく来《き》たね」

奥《おく》の実験室《じっけんしつ》の扉《とびら》が開《あ》き、眼鏡《めがね》をかけた知的《ちてき》な感《かん》じの青年《せいねん》が出《で》てきて、アリスたちに小《ちい》さく手《て》を振《ふ》った。

「よお」

続《つづ》いて、ややぶっきらぼうな印象《いんしょう》の少年《しょうねん》も姿《すがた》を見《み》せる。

「ピキィィ〜ッ！　グリム・ブラザーズ！」

ふたりを目《め》にした瞬間《しゅんかん》。

P《ピー》・P《ピー》・ジュニアは後方《こうほう》にジャンプし、戦闘《せんとう》の構《かま》えを取《と》った。

アリスたちの前《まえ》に現《あらわ》れたこのふたりは、世界的《せかいてき》な犯罪《はんざい》コンサルタント『グリム・ブラザーズ』。

眼鏡《めがね》の方《ほう》が、兄《あに》のジェイ——ジェイコブ・グリム。

犯罪界《はんざいかい》のプリンスなどとも呼《よ》ばれ、緻密《ちみつ》で大胆《だいたん》な犯罪《はんざい》の計画《けいかく》を立《た》ててそれを売《う》り、巨万《きょまん》の富《とみ》を築《きず》いている人物《じんぶつ》だ。

もうひとりが、弟《おとうと》のウィル——ウィルヘルム・グリム。

あらゆる武器《ぶき》の扱《あつか》いに通《つう》じ、車《くるま》や飛行機《ひこうき》だけでなく、戦車《せんしゃ》、戦艦《せんかん》、宇宙船《うちゅうせん》まで操縦《そうじゅう》できるといわれている。

兄弟《きょうだい》のうち、兄《あに》が知的分野《ちてきぶんや》の担当《たんとう》、弟《おとうと》が実戦担当《じっせんたんとう》。アリスとP《ピー》・P《ピー》・ジュニアのライバルでもあるふたりは、しばらく前《まえ》からこの高校《こうこう》に教師《きょうし》と生徒《せいと》として入《はい》り込《こ》んでいるのだ。

「今《いま》さら驚《おどろ》くか？」

呆《あき》れたような表情《ひょうじょう》を浮《う》かべたのは、ウィルの方《ほう》だった。

「こ、これは何《なに》かのワナですか⁉」

Ｐ《ピー》・Ｐ《ピー》・ジュニアは警戒《けいかい》の姿勢《しせい》を崩《くず》さない。

「おやおや。僕《ぼく》ら、信用《しんよう》されてないみたいだね」

高級《こうきゅう》そうな眼鏡《めがね》を指《ゆび》で押《お》し上《あ》げながら、ジェイは傷《きず》ついたように小《ちい》さく頭《あたま》を振《ふ》る。

「当然《とうぜん》だろ？　心外《しんがい》だって顔《かお》、やめろって」

ウィルが兄《あに》に冷《ひ》ややかな視線《しせん》を向《む》ける。

「今《いま》、この学校《がっこう》はとんでもない危機的《ききてき》な状況《じょうきょう》にあってね」

ジャックが済《す》まなそうにアリスたちに説明《せつめい》した。

「君《きみ》たちを頼《たよ》るべきだって、ふたりが教《おし》えてくれたんだ」

「実際《じっさい》、かなり面倒《めんどう》なことになってんだよなあ」

ウィルも頭《あたま》を掻《か》き、相《あい》づちを打《う》つ。

「解決《かいけつ》してくれれば、僕《ぼく》から報酬《ほうしゅう》を払《はら》うよ」

ジェイはウインクしながらジャケットの内《うち》ポケットから小切手《こぎって》を出《だ》し、人《ひと》さし指《ゆび》と中指《なかゆび》で挟《はさ》んでＰ《ピー》・Ｐ《ピー》・ジュニアに渡《わた》した。

「ということで、これは前金《まえきん》。話《はなし》を聞《き》いてくれるだけで、これだけ払《はら》おう。引《ひ》き受《う》けてくれれば、さらにこの五倍《ごばい》」

小切手《こぎって》には、普段《ふだん》の依頼《いらい》より2ケタほど大《おお》きな金額《きんがく》が書《か》かれている。

「ジェイ様《さま》～、何《なん》なりとお申《もう》し付《つ》けくださ～い！」

Ｐ《ピー》・Ｐ《ピー》・ジュニアはもともと丸《まる》い背中《せなか》を丸《まる》め、さらに揉《も》み手《で》――ではなく揉《も》みヒレ――までして低姿勢《ていしせい》になる。

「ししょ～、情《なさ》けないです」

アリスは一歩横《いっぽよこ》に移動《いどう》して、Ｐ《ピー》・Ｐ《ピー》・ジュニアから距離《きょり》を取《と》った。

「これでアリスのお給料《きゅうりょう》も上《あ》げられるんですが――」

Ｐ《ピー》・Ｐ《ピー》・ジュニアはアザラシ形《がた》のリュックを背中《せなか》から下《お》ろすと、小切手《こぎって》を丁寧《ていねい》にしまい込《こ》んだ。

「依頼《いらい》は誠実《せいじつ》にこなしましょう」

アリスもお金《かね》に目《め》がくらんだ。

「で、話《はなし》の続《つづ》きだけど。簡単《かんたん》に説明《せつめい》すると――」

ジェイは、机《つくえ》に半分腰《はんぶんこし》かけるような姿勢《しせい》を取《と》りながら続《つづ》ける。

「この学校《がっこう》はロボットに支配《しはい》された。SF映画《エスエフえいが》や小説風《しょうせつふう》に言《い》うと、人間《にんげん》に対《たい》するロボットの反乱《はんらん》が起《お》きたんだ」

「外《そと》にたくさんいた、あれですか?」

アリスは窓《まど》の外《そと》のロボットを指《ゆび》さした。

「あれが~? あのラジコンのオモチャみたいなのが~? 人間《にんげん》に反乱起《はんらんお》こすほど、高性能《こうせいのう》には見《み》えませんが」

P《ピー》・P《ピー》・ジュニアも机《つくえ》に飛《と》び乗《の》って、外《そと》のロボットたちを観察《かんさつ》する。

「まあ、SF《エスエフ》みたいな突拍子《とっぴょうし》もない話《はなし》に聞《き》こえるのは認《みと》めるぜ」

と、ため息《いき》をつくウィル。

「約《やく》90分前《ぷんまえ》。教師《きょうし》、生徒《せいと》、全員《ぜんいん》のスマートフォンに、こういうメッセージが届《とど》いた」

ジェイは自分《じぶん》のスマートフォンをP《ピー》・P《ピー》・ジュニアに向《む》かって放《ほう》って寄《よ》こした。

P《ピー》・P《ピー》・ジュニアはそれをキャッチすると、画面《がめん》に視線《しせん》を向《む》ける。

もちろん、アリスものぞき込《こ》んだ。

すると、そこには――。

マインドメイジは
校内《こうない》にいるすべての人間《にんげん》を
観察対象《かんさつたいしょう》として隔離《かくり》する決定《けってい》を下《くだ》した
午後《ごご》3時《じ》30分《ぷん》より
生徒《せいと》、教師《きょうし》、その他《ほか》の人間《にんげん》は
敷地内《しきちない》から外《そと》に出《で》ることを禁《きん》じる

というメッセージが残《のこ》されていた。

「精神の魔術師《マインドメイジ》？」

P《ピー》・P《ピー》・ジュニアが首《くび》をひねる。

「みんな、イタズラだと思《おも》って相手《あいて》にしなかった。だけど、3時《じ》30分《ぷん》になると――」

ジェイが説明《せつめい》を続《つづ》けた。

「あのロボットたちが突然現《とつぜんあらわ》れて、校門《こうもん》と裏口《うらぐち》を封鎖《ふうさ》したんだ」

「無視《むし》して脱出《だっしゅつ》しようとした奴《やつ》も何人《なんにん》かいたが、全員保健室送《ぜんいんほけんしつおく》りになった」

ウィルがつけ足《た》したところに。

「ひ、ひどい目《め》に遭《あ》いました～」

ピンクの髪《かみ》の女《おんな》の子《こ》が、奥《おく》の部屋《へや》から涙目《なみだめ》で登場《とうじょう》した。

この子《こ》は生物部員《せいぶつぶいん》の汐凪茉莉音《しおなぎマリネ》。

こう見《み》えても伝説《でんせつ》の生《い》き物《もの》、人魚《にんぎょ》なのだが、身《み》につけている制服《せいふく》はあちこち焦《こ》げていて、ピンクの髪《かみ》はチリチリだ。

「こいつも脱出《だっしゅつ》しようとしたひとり。ロボットが放《はな》つ電撃波浴《でんげきはあ》びて、この様《ざま》だ」

ウィルが、噴《ふ》き出《だ》しそうになるのを必死《ひっし》で堪《こら》えながら説明《せつめい》する。

「危《あや》うく焼《や》き魚《ざかな》になるところでしたよ」

茉莉音《マリネ》はアリスたちに訴《うった》えた。

「大変《たいへん》でしたね」

と、アリスは同情《どうじょう》したが――。

「………人魚《にんぎょ》ジョークなんですから、笑《わら》ってください」

茉莉音《マリネ》はフグのように頬《ほお》を膨《ふく》らませた。アリスの反応《はんのう》が不満《ふまん》だったようだ。

「ダメじゃないか、奥《おく》で休《やす》んでいなくちゃ」

ジェイは茉莉音《マリネ》の肩《かた》に手《て》を置《お》いて、椅子《いす》に座《すわ》らせる。

「この研究所《けんきゅうじょ》に、休《やす》めるところなんてあったんですか？」

前《まえ》にこの研究所《けんきゅうじょ》に来《き》た時《とき》には、休憩室《きゅうけいしつ》はなかったはず。アリスは不思議《ふしぎ》に思《おも》って尋《たず》ねた。

「生物実験《せいぶつじっけん》で使《つか》う解剖台《かいぼうだい》です。半分《はんぶん》お魚《さかな》の私《わたし》が乗《の》ると、調理台《ちょうりだい》になっちゃうかも知《し》れませんけど」

茉莉音《マリネ》は真珠《しんじゅ》のように白《しろ》い歯《は》を見《み》せる。

これも人魚《にんぎょ》ジョークかも知《し》れないが、またも笑《わら》っていいかどうか微妙《びみょう》なところだ。

「現在《げんざい》、校外《こうがい》との通信《つうしん》は妨害電波《ぼうがいでんぱ》、及《およ》び地下《ちか》ケーブルの切断《せつだん》で遮断《しゃだん》されている。だから、警察《けいさつ》に連絡《れんらく》もできない」

ジェイがP《ピー》・P《ピー》・ジュニアに言《い》った。

「僕《ぼく》らが辛《かろ》うじて君《きみ》とコンタクトを取《と》れたのは、スマートフォンを搭載《とうさい》したドローンを下《げ》水道《すいどう》経由《けいゆ》で校内《こうない》から脱出《だっしゅつ》させてメッセージを送《おく》ったからだよ。でも、下水道《げすいどう》は狭《せま》すぎるから、生徒《せいと》や先生《せんせい》たちの脱出《だっしゅつ》には使《つか》えない」

「そもそもあんなの、誰《だれ》が作《つく》ったんです？」

P《ピー》・P《ピー》・ジュニアは外《そと》のロボットたちをヒレさしながら、グリム兄弟《ブラザーズ》に尋《たず》ねる。

「僕《ぼく》」

ジャックが実《じつ》に済《す》まなそうに右手《みぎて》を上《あ》げた。

「だろうとは思《おも》いましたが。…………あなた、専門《せんもん》は生物学《せいぶつがく》では？」

P《ピー》・P《ピー》・ジュニアが指摘《してき》する。

「この間《あいだ》、暇《ひま》つぶしにちょっとAI《エーアイ》の勉強《べんきょう》したら、なかなかいい論文《ろんぶん》がいくつか書《か》けちゃってね。その論文《ろんぶん》が世界的《せかいてき》に評判《ひょうばん》になって、ロボット工学関係《こうがくかんけい》の博士号《はくしごう》がいくつか取《と》れちゃったんだよ」

「……むにゅう、私《わたし》の嫌《きら》いな天才《てんさい》ですね」

「あんなロボットで全校生徒《ぜんこうせいと》を止《と》められるので？」

と、質問《しつもん》したのはアリス。

アリスの目《め》には、それほど強《つよ》そうなロボットには見《み》えなかったからだ。

「そう疑問《ぎもん》を感《かん》じさせるのが狙《ねら》いなんだ」

ジェイが微笑《ほほえ》み、アリスの疑問《ぎもん》に答《こた》える。

「一見《いっけん》すると、あの姿《すがた》で戦車《せんしゃ》や戦闘機《せんとうき》と戦《たたか》える機能《きのう》を備《そな》えているようには誰《だれ》も思《おも》わない。当然《とうぜん》、相手《あいて》は油断《ゆだん》する。その油断《ゆだん》の隙《すき》を突《つ》いて――」

ジェイは芝居《しばい》がかった仕草《しぐさ》で指《ゆび》を鳴《な》らした。

「――敵《てき》を一掃《いっそう》する」

「あのブリキのオモチャが？　敵《てき》を一掃《いっそう》？」

P《ピー》・P《ピー》・ジュニアは信《しん》じられないといった顔《かお》だ。

「実際《じっさい》は時速《じそく》200キロで移動可能《いどうかのう》で、握力《あくりょく》は500キロ。その上《うえ》、人間《にんげん》をマヒさせる電撃波《でんげきは》も放《はな》つ。それが100体《たい》、校内《こうない》にいるんだ。特殊部隊《とくしゅぶたい》の優秀《ゆうしゅう》な隊員《たいいん》でもない限《かぎ》り、逃《に》げ出《だ》すのはほぼ無理《むり》だな」

戦闘《せんとう》のプロであるウィルが機能《きのう》を説明《せつめい》した。

「何《なん》でそんな危険《きけん》なロボットを100体《たい》も~⁉」

P《ピー》・P《ピー》・ジュニアが、ジャックに非難《ひなん》の目《め》を向《む》ける。

「ふたりからどんなロボットが欲《ほ》しいかって意見《いけん》を聞《き》いてたら、つい楽《たの》しくなっちゃって。

大量生産《たいりょうせいさん》できる自動化工場《オートメーション・プラント》も研究所《けんきゅうじょ》の裏《うら》に作《つく》っちゃった」

ジャックは照《て》れくさそうに笑《わら》った。

「……この人《ひと》、G兄弟《ジーきょうだい》よりももっと危《あぶ》ない人《ひと》なのでは?」

P《ピー》・P《ピー》・ジュニアはアリスに囁《ささや》く。

「聞《き》こえてるぞ、G兄弟《ジーきょうだい》って呼《よ》ぶな。ゴキブリじゃあるまいし」

ウィルがP《ピー》・P《ピー》・ジュニアにクレームを入《い》れた。

「おにょ、ゴキブリに失礼《しつれい》でしたか~?」

P《ピー》・P《ピー》・ジュニアは言《い》い返《かえ》す。

「お前《まえ》な、焼《や》き鳥《とり》にするぞ!」

「できるものならやってみなさい、G《ジー》のちっちゃい方《マイナー》」

「まあまあ、落《お》ち着《つ》いて」

1羽《わ》とひとりの間《あいだ》に、ジェイが割《わ》って入《はい》る。

アリスがふと疑問《ぎもん》に思《おも》い、挙手《きょしゅ》してジェイに質問《しつもん》した。

「あの……私《わたし》たち、入《はい》ってくる時《とき》には特《とく》に妨害《ぼうがい》は受《う》けませんでしたけど、どうしてでしょう？」

「僕《ぼく》の推測《すいそく》では——」

ジェイはそう前置《まえお》きしてから続《つづ》ける。

「外《そと》からやってくる人間《にんげん》は止《と》めない。でも、いったん校内《こうない》に入《はい》った人間《にんげん》は絶対《ぜったい》に逃《に》がさない。おそらく、それがマインドメイジの命令《めいれい》なんだ」

「うにゅ、それです！」

P《ピー》・P《ピー》・ジュニアは改《あらた》めて、さっきのメッセージを確認《かくにん》する。

「このメッセージに出《で》てくる、マインドメイジというのは何者《なにもの》なんです？」

「僕《ぼく》が作《つく》った自律学習型《じりつがくしゅうがた》のAI《エーアイ》だよ。夕星《ゆうずつ》さんにも分《わ》かるように説明《せつめい》すると、僕《ぼく》が命令《めいれい》しなくても学習《がくしゅう》を続《つづ》ける人工知能《じんこうちのう》」

ジャックが答《こた》えた。

(何故《なぜ》、「夕星《ゆうずつ》さんにも分《わ》かるように」とわざわざ?)

実際《じっさい》、説明《せつめい》されないと何《なん》のことやらだったが、アリスはちょっぴり落《お》ち込《こ》む。

「他《ほか》のすべてのロボットは、マインドメイジにコントロールされているんだ。学習《がくしゅう》の妨《さまた》げになると判断《はんだん》したら、マインドメイジは僕《ぼく》の命令《めいれい》でさえ受《う》け付《つ》けないよ」

ジャックは続《つづ》けた。

「で、そのAI《エーアイ》はどこに?」

P《ピー》・P《ピー》・ジュニアの質問《しつもん》に、ジェイが上《うえ》を指《ゆび》さす。

「赤道《せきどう》の上空約《じょうくうやく》3万《まん》6千《せん》キロ。僕《ぼく》らがロケットで打《う》ち上《あ》げた静止衛星《せいしえいせい》の中《なか》」

「な、何《なん》でそんなとこに~っ⁉」

流石《さすが》のP《ピー》・P《ピー》・ジュニアも驚《おどろ》きを隠《かく》せず、床《ゆか》を黄色《きいろ》い水《みず》かきでペタタタタ~ッと叩《たた》いた。

「それだけの性能《せいのう》のAI《エーアイ》だと、巨大《きょだい》すぎて校内《こうない》だと置《お》く場所《ばしょ》がなくて」

と、ジェイ。思《おも》ったよりも情《なさ》けない理由《りゆう》である。

「そんな遠《とお》いところにあるんじゃ、簡単《かんたん》に壊《こわ》せもしないでしょうが⁉」

「それに、このプロジェクトにはもう億単位《おくたんい》の金《かね》を注《つ》ぎ込《こ》んでんだよ。壊《こわ》して済《す》む話《はなし》なら、お前《まえ》らを呼《よ》ばねえって」

ウィルが肩《かた》をすくめる。

「……一本取《トゥシェ》られました」

アリスもこれには反論《はんろん》の余地《よち》がない。

「もちろん、AI《エーアイ》とロボットたちのインターフェイスとなる存在《そんざい》はこの校内《こうない》にいるぜ」

（インターフェイス？）

何《なん》のことやら、アリスにはよく分《わ》からない。

「インターフェイスは接点《せってん》とか、つなぐものってことだ」

チンプンカンプンであることが顔《かお》に表《あらわ》れていたのか、ウィルは説明《せつめい》してくれた。

「ロボットたちはそのインターフェイスを通《つう》じて静止衛星《せいしえいせい》のAI《エーアイ》からの命令《めいれい》を受《う》けて行動《こうどう》してる。で、遠《とお》く離《はな》れたAI《エーアイ》が効率的《こうりつてき》に命令《めいれい》を各《かく》ロボットに伝《つた》えられるよう、現場《げんば》の指揮《しき》官《かん》みたいなロボットを置《お》き、そいつにすべてのロボットたちを管理《かんり》させてるんだ」

「…………なるほど」

説明《せつめい》を受《う》けても、チンプンカンプンであることに変《か》わりはなかったが、アリスはちょっと見栄《みえ》を張《は》った。

「インターフェイスはね、この子《こ》。AI《エーアイ》のインターフェイスだから、僕《ぼく》はアイって呼《よ》んでる。これはアイを初《はじ》めて起動《きどう》させた時《とき》に撮影《さつえい》していた動画《どうが》だけど――」

ジャックは机《つくえ》のタブレットを手《て》に取《と》り、液晶画面《えきしょうがめん》に動画《どうが》を表示《ひょうじ》させる。

動画《どうが》の中《なか》で、ジャックと会話《かいわ》しているのは、高校生《こうこうせい》ぐらいの女《おんな》の子《こ》のアンドロイド。

『ハロー、アイ。僕《ぼく》はジャック』

『……ハロー、創造主《クリエイター》ジャック』

声《こえ》も外見《がいけん》も完全《かんぜん》に人間《にんげん》の女《おんな》の子《こ》だ。

「これもロボットなので？　デザインが全然違《ぜんぜんちが》いますが？」

「ほとんど人間《にんげん》の姿《すがた》じゃないですか～っ！」

アリスとP《ピー》・P《ピー》・ジュニアは目《め》を丸《まる》くした。

「でも、私《わたし》の方《ほう》がずっと可愛《かわい》いですよ」

液晶画面《えきしょうがめん》を横《よこ》からのぞき込《こ》み、対抗心《たいこうしん》を燃《も》やした茉莉音《マリネ》がまた頬《ほお》を膨《ふく》らませる。

「他《ほか》のロボットと見間違《みまちが》えない姿《すがた》に作《つく》ったんだよ。それに体自体《ボディじたい》は市販《しはん》のフィギュアと同《おな》じ仕組《しく》みで作《つく》れるから、設計《せっけい》に関《かん》して言《い》えば、他《ほか》のタイプのロボットよりこっちの方《ほう》が簡《かん》単《たん》だったし。別《べつ》に理想《りそう》の女《おんな》の子《こ》をイメージしたとか、そういうことじゃないから」

早口《はやくち》で説明《せつめい》するジャックの目《め》は泳《およ》いでいる。

「聞《き》かれてもいないことまで説明《せつめい》するのが、よけいに怪《あや》しいですね〜」

P《ピー》・P《ピー》・ジュニアは指摘《してき》した。

「まあ、それはさておき」

ジャックは咳払《せきばら》いすると、露骨《ろこつ》に話題《わだい》を変《か》える。

「僕《ぼく》はマインドメイジに人間《にんげん》らしさを学《まな》ぶようにアルゴリズムを組《く》み込《こ》んだ。AI《エーアイ》をより人間《にんげん》に近《ちか》づけることができるようにね」

(アリのリズム?)

アリスの頭《あたま》の中《なか》に、マラカスを手《て》に踊《おど》るアリの姿《すがた》が浮《う》かぶ。

「……問題《もんだい》の処理方法《しょりほうほう》ってことだ」

またもアリスの表情《ひょうじょう》を読《よ》んだウィルが、耳元《みみもと》に囁《ささや》いて教《おし》えてくれた。

「マインドメイジの自律学習機能《じりつがくしゅうきのう》が人間《にんげん》に近《ちか》づく方法《ほうほう》として選《えら》んだのは、多数《たすう》の人間《にんげん》の行《こう》動《どう》を観察《かんさつ》することだった」

ジャックは説明《せつめい》を続《つづ》けた。

「なるほど」

またまたよく分《わ》からないけれど、アリスは頷《うなず》いておくことにした。

でも、自分《じぶん》の隣《となり》で茉莉音《マリネ》が同《おな》じようにコクコクと頷《うなず》いているのを見《み》ると、ちょっと落《お》ち込《こ》む。

「そして人間観察《にんげんかんさつ》をもっとも効率的《こうりつてき》に行《おこな》うために、全校生徒《ぜんこうせいと》を閉《と》じ込《こ》める方法《ほうほう》を選択《せんたく》した」

ジャックはうなだれ、頭《あたま》を掻《か》いた。

「要《よう》するに、できるだけ多《おお》くの人間《にんげん》を自分《じぶん》の近《ちか》くに置《お》いて、まとめて観察《かんさつ》しようって気《き》らしい」

ウィルが鼻《はな》を鳴《な》らす。

「そこで僕《ぼく》らの依頼《いらい》なんだが——」

ジェイはウインクし、もう1枚《まい》小切手《こぎって》を取《と》り出《だ》した。

「マインドメイジを停止《ていし》させて、ロボットの反乱《はんらん》を収《おさ》めて欲《ほ》しい。……まあ、君《きみ》たちも逃《に》げられないんだから、嫌《いや》でも解決《かいけつ》するしかないんだけどね」

「そういうところ！　私《わたし》はあなたのそういうところが大嫌《だいきら》いなんですよ！」

Ｐ《ピー》・Ｐ《ピー》・ジュニアはまたもペタタタタタタ～ッと床《ゆか》を水《みず》かきで叩《たた》いたが、小切手《こぎって》をもらうことは忘《わす》れない。

「我《わ》が兄《あに》ながら、性格悪《せいかくわる》いよな」

ウィルはこめかみを押《お》さえながら小《ちい》さく頭《あたま》を振《ふ》った。

「ウィルさんはいい人《ひと》ですからね」

「……お前《まえ》、それ犯罪者《はんざいしゃ》には褒《ほ》め言葉《ことば》じゃないからな」

ウィルはアリスのほっぺたを左右《さゆう》に引《ひ》っ張《ぱ》った。

「では、作戦会議《さくせんかいぎ》です」

Ｐ《ピー》・Ｐ《ピー》・ジュニアはアザラシ形《がた》のリュックに小切手《こぎって》をしまうと、机《つくえ》の上《うえ》にピョンと飛《と》び乗《の》った。

茉莉音《マリネ》も含《ふく》めた残《のこ》りのみんなは、椅子《いす》を持《も》ってきてP《ピー》・P《ピー》・ジュニアを囲《かこ》む。

「ハッキングして、アルゴリズムをもっと安全《あんぜん》なものに書《か》き換《か》えることは？」

P《ピー》・P《ピー》・ジュニアはまずジャックに確認《かくにん》する。

「無理《むり》。最初《さいしょ》に試《ため》したけど、相手《あいて》の方《ほう》が上手《うわて》だった。マインドメイジのハッキング対策《たいさく》は完璧《かんぺき》だよ」

ジャックは首《くび》を横《よこ》に振《ふ》る。

ここまでのやり取《と》り、アリスには意味不明《いみふめい》である。

「では、1体《たい》ずつロボットを破壊《はかい》するのは？」

「見《み》てろ」

椅子《いす》から立《た》ち上《あ》がったウィルが制服《せいふく》のジャケットの内側《うちがわ》から銃《じゅう》を抜《ぬ》き、窓《まど》を開《あ》けた。

そして、外《そと》を見回《みまわ》っているロボットの1体《たい》に向《む》け、素早《すばや》く3回《かい》、引《ひ》き金《がね》を引《ひ》いた。

「直撃《ポイント・ブランク》」

ウィルはつぶやく。

その一瞬後《いっしゅんのち》。

目《め》の部分《ぶぶん》を打《ぶ》ち抜《ぬ》かれたロボットは煙《けむり》を上《あ》げて停止《ていし》したが、同時《どうじ》に他《ほか》のロボットたちがウィルに向《む》かって一斉《いっせい》に電撃波《でんげきは》を放《はな》ってきた。

雷《かみなり》のような電撃波《でんげきは》は、研究所《けんきゅうじょ》の奥《おく》の白《しろ》い壁《かべ》に命中《めいちゅう》し、黒《くろ》い焦《こ》げ跡《あと》を残《のこ》した。引《ひ》き金《がね》を引《ひ》いた瞬間《しゅんかん》に身《み》を屈《かが》めていなければ、ウィルも茉莉音《マリネ》のような頭《あたま》になっていたところである。

さらに驚《おどろ》いたことに。

ロボットたちは、壊《こわ》れた仲間《なかま》を引《ひ》きずってどこかに運《はこ》んでいった。

「工場《こうじょう》に運《はこ》んで修理《しゅうり》するんだ。銃弾《じゅうだん》を数発《すうはつ》食《く》らった程度《ていど》なら……うん、だいたい15分《ふん》で元通《もとどお》りかなあ」

ジャックが奥《おく》のホワイトボードの前《まえ》に立《た》ち、計算《けいさん》した答《こた》えをアリスたちに伝《つた》える。

「何《なに》か意見《いけん》あるか？」

ウィルは銃《じゅう》に弾《たま》を込《こ》め直《なお》しながらアリスに尋《たず》ねた。

「……考《かんが》え中《ちゅう》です」

特《とく》に何《なん》にも考《かんが》えていなかったけれど、アリスは取《と》りあえずそう答《こた》える。

「お前《まえ》はアリス・リドルじゃないからな。期待《きたい》はしてないって」

と、ウィル。

「慰《なぐさ》めに聞《き》こえません」

落《お》ち込《こ》んだアリスは肩《かた》を落《お》としながら席《せき》を立《た》つと研究所《けんきゅうじょ》の奥《おく》へと向《む》かった。

「どこに行《い》くんですか～？」

アリスの背中《せなか》に茉莉音《マリネ》が声《こえ》をかける。

「トイレです」

結局《けっきょく》、他《ほか》に言《い》い訳《わけ》を思《おも》いつかなかったアリスは、いつものようにそう告《つ》げた。

トイレに入《はい》ったアリスは大《おお》きな鏡《かがみ》の前《まえ》に立《た》ち、その表面《ひょうめん》に手《て》を伸《の》ばした。


「アリス・リドル登場《エンター、アリス・リドル》」

鏡《かがみ》の国《くに》にやって来《き》たアリスは、名探偵《めいたんてい》アリス・リドルに変身《へんしん》した。

空《そら》を見上《みあ》げると無数《むすう》の鏡《かがみ》。

あたりを見渡《みわた》すと、大《おお》きなキノコの植木鉢《うえきばち》や、グランドピアノ、鳥《とり》かごや書《か》き物机《ものづくえ》などがアリスと同《おな》じようにフワフワと空中《くうちゅう》に浮《う》かんでいる。

アリスは書《か》き物机《ものづくえ》のそばの丸椅子《まるいす》に座《すわ》ると、ポシェットを開《あ》け、中《なか》からオヤツに持《も》ってきたポップコーンの小袋《こぶくろ》を取《と》り出《だ》した。

「ちょうどよかったです、オヤツ用《よう》に持《も》ってきていて」

小袋《こぶくろ》を開《ひら》き、数粒《すうつぶ》のポップコーンを手《て》のひらに載《の》せてから、アリスは口笛《くちぶえ》を吹《ふ》いた。

すると。

表紙《ひょうし》を上《うえ》にして開《ひら》いた本《ほん》が、バサバサと羽《は》ばたきして、まるで公園《こうえん》の鳩《はと》のように集《あつ》まってきた。

この本《ほん》たちは本鳥《ブックバード》。

知識《ちしき》が必要《ひつよう》な時《とき》に呼《よ》び寄《よ》せることができる、便利《べんり》な生《い》きている本《ほん》たちなのだ。

アリスが呼《よ》び寄《よ》せたかったのは、『ロボット工学《こうがく》』、『プログラム理論《りろん》』と背表紙《せびょうし》に書《か》かれた2羽《わ》の本鳥《ブックバード》。その2羽《わ》を書《か》き物机《ものづくえ》の上《うえ》に載《の》せてから――。

「ワンダー・チェンジ！」

と唱《とな》えて、白衣《はくい》をまとい、眼鏡《めがね》をかけた姿《すがた》になった。

アリスは「ワンダー・チェンジ」と唱《とな》えることで、鏡《かがみ》の国《くに》の仕立て屋《テイラー》、ハンプティ・ダンプティが作《つく》ったコスチュームに一瞬《いっしゅん》で着替《きが》えることができるのだ。
……ただ、アリスとしては「ワンダー・チェンジ」でなく、もっと格好《かっこう》いい言葉《ことば》だとよかったのに、と思《おも》わない日《ひ》はない。外《そと》の世界《せかい》でも変身《へんしん》はできるのにわざわざ鏡《かがみ》の国《くに》に来《き》たのは、「ワンダー・チェンジ」をウィルやジェイたちに聞《き》かれたら恥《は》ずかしいからだ。

「博士アリス登場《エンター、ドクター・アリス》」

アリスが今《いま》、身《み》につけている白衣《はくい》と眼鏡《めがね》には、一時的《いちじてき》に頭《あたま》をよくしてくれる働《はたら》きがある。
でも、頭《あたま》がよくなったからと言《い》って、知識《ちしき》が急《きゅう》に増《ふ》える訳《わけ》ではない。だから、知識《ちしき》はこうして、本《ほん》を読《よ》んで身《み》につける必要《ひつよう》があるのだ。
幸《さいわ》い、鏡《かがみ》の国《くに》では時間《じかん》の流《なが》れが遅《おそ》い。アリスがロボットとプログラミングに関《かん》する知識《ちしき》を身《み》につけるには、十分《じゅうぶん》な時間《じかん》があった。

「お待《ま》たせしました」

博士《ドクター》アリスは、白衣《はくい》を翻《ひるがえ》しながらこちらの世界《せかい》に戻《もど》ってきた。

「やあ、アリス・リドル」

ジェイがウインクを返《かえ》し、アリスのために椅子《いす》を引《ひ》いてくる。

「驚《おどろ》きませんね？」

アリスは足《あし》を組《く》んでその椅子《いす》に座《すわ》った。

「突然《とつぜん》の登場《とうじょう》は、いつものことじゃないか？　夕星《ゆうずつ》さんが呼《よ》んだんだね？」

「私《わたし》の力《ちから》が必要《ひつよう》だと聞《き》きました」

アリスは頷《うなず》く。

「で、君《きみ》に何《なに》か作戦《さくせん》は？」

ジェイはちょっと猫背《ねこぜ》になって、アリスに顔《かお》を近《ちか》づける。

「マインドメイジのインターフェイス、アイは人間型《にんげんがた》で防御力《ぼうぎょりょく》も低《ひく》いはず」

アリスはジェイの胸《むね》に手《て》を当《あ》て、押《お》しのけながらそう言《い》った。

「なるほど、呼《よ》び寄《よ》せてアイを破壊《はかい》すれば、他《ほか》のロボットも止《と》まる訳《わけ》か」

ジェイは頷《うなず》き、それから尋《たず》ねる。

「でも、僕《ぼく》らはアイがどこに潜《ひそ》んでいるかを知《し》らない。その点《てん》はどう解決《かいけつ》する？」

「インターフェイスを作《つく》ったジャックさんなら呼《よ》び寄《よ》せられるのでは？」

と、アリス。

「うん。あの子《こ》にはスマートフォンを持《も》たせてある。電話《でんわ》してみよう」

ジャックはスマートフォンを取《と》り出《だ》した。

「お前《まえ》な、アイに通信機能《つうしんきのう》つけてないのか？」

ウィルが呆《あき》れ顔《がお》でジャックを見《み》つめる。

「つけてるけど、人間《にんげん》らしさを追求《ついきゅう》しようと思《おも》って……あ、つながった」

ジャックはインターフェイスと話《はな》し始《はじ》めた。

「で、破壊《はかい》するのは誰《だれ》だ？」

その間《あいだ》に、ウィルがアリスに尋《たず》ねる。

「狙撃手《そげきしゅ》としても一流《いちりゅう》のあなた以外《いがい》、誰《だれ》がいるんです」

もちろん、アリスはそう答《こた》えた。

しかし。

「ちょっと無理《むり》」

ウィルは首《くび》を横《よこ》に振《ふ》る。

「……はい？」

意外《いがい》な返答《へんとう》にアリスは一瞬《いっしゅん》、言葉《ことば》を失《うしな》った。

「ロボットだって分《わ》かっててもな、女《おんな》の子《こ》の姿《すがた》してるのを撃《う》てるかよ？」

そっぽを向《む》くウィルの頬《ほお》はちょっと赤《あか》くなっている。

「ぷぷぷっ！　傍若無人《ぼうじゃくぶじん》、極悪冷血《ごくあくれいけつ》、悪逆卑劣《あくぎゃくひれつ》な、ウィルヘルム・グリムが、ロボットを撃《う》てない⁉　女《おんな》の子《こ》の格好《かっこう》だから⁉」

P《ピー》・P《ピー》・ジュニアがクチバシをヒレで押《お》さえ、肩《かた》を震《ふる》わせて噴《ふ》き出《だ》しそうになるのを堪《こら》えた。

「卑劣《ひれつ》はやめろ。なんかちょっと嫌《いや》だ」

ウィルは憮然《ぶぜん》とした表情《ひょうじょう》を浮《う》かべる。

「犯罪者《はんざいしゃ》には、悪口雑言《あっこうぞうごん》は褒《ほ》め言葉《ことば》のはずでは？」

アリスは指摘《してき》した。さっき、いい人《ひと》だと誉《ほ》めたのにほっぺたを引《ひ》っ張《ぱ》られたこと、ちょっと根《ね》に持《も》っているのだ。

「とにかく、女性《じょせい》は撃《う》たない！　子供《こども》も撃《う》たない！　それが俺《おれ》の方針《ほうしん》だ！」

ウィルはアリスの鼻先《はなさき》に人《ひと》さし指《ゆび》を突《つ》きつけた。

そんなウィルの肩《かた》に、ジェイが微笑《ほほえ》みながら手《て》を置《お》く。

「ごめんね、アリス君《くん》。うちの弟《おとうと》、いったん言《い》い出《だ》したら聞《き》かないんだ。ワガママだよねえ？」

「…………でも」

アリスは眼鏡《めがね》をクイッと押《お》し上《あ》げて、ウィルを説得《せっとく》する。

「女《おんな》の子《こ》の中《なか》にも、いつかこいつは撃《う》ってやりたいと思《おも》ってる子《こ》はいるでしょう？　例《たと》えば、茉莉音《マリネ》さんとか、怪盗赤《かいとうあか》ずきんとか、それに…………夕星《ゆうずつ》アリスとか？　だから、インターフェイスのアイを、そのうちの誰《だれ》かだと自分《じぶん》に言《い》い聞《き》かせて、引《ひ》き金《がね》を引《ひ》くのはどう？」

ちなみに。

白瀬市《しらせし》限定《げんてい》で有名《ゆうめい》な自称《じしょう》美少女怪盗《びしょうじょかいとう》の赤《あか》ずきんは、ウィルや茉莉音《マリネ》のクラスメートでもある。

「……なるほど、撃《う》てるかもな」

ウィルは少し考《すこ かんが》えてから頷《うなず》いた。

「否定《ひてい》してくださいよ～！」

と、茉莉音《マリネ》が涙目《なみだめ》になって訴《うった》えたその時《とき》。

「アイ、こっちに来《く》るって。僕《ぼく》に話《はなし》があるみたいだ」

ジャックがスマートフォンを切《き》りながら、一同《いちどう》に告《つ》げた。

「じゃあ、準備《じゅんび》にかかろう」

ジェイは床下《ゆかした》の隠《かく》しロッカーから、強力《きょうりょく》な銃弾《じゅうだん》を撃《う》ち出《だ》せる狙撃銃《そげきじゅう》を取《と》り出《だ》し、弟《おとうと》に渡《わた》す。

ウィルは手際《てぎわ》よく銃弾《じゅうだん》を込《こ》め、遠距離射撃用《えんきょりしゃげきよう》のスコープを狙撃銃《そげきじゅう》に取《と》りつけた。

アリスたちは、銃撃戦《じゅうげきせん》の流《なが》れ弾《だま》に当《あ》たらないように壁際《かべぎわ》に身《み》を寄《よ》せる。

そして、待《ま》つこと数分《すうふん》。

「私《わたし》はマインドメイジのインターフェイス、通称《つうしょう》アイ。創造主《クリエイター》との会見《かいけん》を希望《きぼう》します」

研究所《けんきゅうじょ》の目《め》の前《まえ》に、森之奥高校《もりのおくこうこう》の制服《せいふく》を着《き》たインターフェイスのアイが姿《すがた》を現《あらわ》した。

「創造主《クリエイター》って呼《よ》ばせているの？」

アリスはジャックの顔《かお》を見《み》つめる。

「まあ、彼女《かのじょ》が勝手《かって》に――」

ジャックは咳払《せきばら》いした。

「創造主《クリエイター》、答《こた》えてください」

アイは、ゆっくりとこちらに近《ちか》づいてくる。

「今《いま》だ！」

アイを十分《じゅうぶん》引《ひ》きつけたところで、ジェイはウィルと視線《しせん》を交《か》わした。

「ああ。あれは茉莉音《マリネ》、あれは赤《あか》ずきん、あれは茉莉音《マリネ》、あれは赤《あか》ずきん、あれは茉莉音《マリネ》、あれは赤《あか》ずきん、あれは茉莉音《マリネ》、あれは赤《あか》ずきん……」

頷《うなず》いたウィルは、呪文《じゅもん》のようにそう唱《とな》えつつ窓《まど》から身《み》を乗《の》り出《だ》すと、スコープ付《つ》きの狙《そ》撃銃《げきじゅう》を構《かま》える。

次《つぎ》の瞬間《しゅんかん》。

3発《ぱつ》の銃弾《じゅうだん》が、アイに向《む》かって放《はな》たれていた。

しかし――。

「おにょにょ！」

P《ピー》・P《ピー》・ジュニアは目《め》を丸《まる》くした。

3発《ぱつ》すべての銃弾《じゅうだん》が、アイの直前《ちょくぜん》で停止《ていし》していたのだ。

「あれは超磁場《ちょうじば》シールドですね。強力《きょうりょく》な磁場《じば》はフルメタルジャケットの銃弾《じゅうだん》を止《と》める働《はたら》きがあります」

アリスは瞬時《しゅんじ》に分析《ぶんせき》した。

と、同時《どうじ》に。

銃弾《じゅうだん》はパラパラと地面《じめん》に落《お》ちた。

「今《いま》のような敵対行為《てきたいこうい》は推奨《すいしょう》されません」

アイは静《しず》かな声《こえ》で告《つ》げると、研究所《けんきゅうじょ》の方《ほう》に右手《みぎて》を向《む》けた。

「警告《けいこく》を無視《むし》して攻撃《こうげき》を繰《く》り返《かえ》すのなら――」

手首《てくび》から先《さき》がやたらメカっぽい銃《じゅう》のような形《かたち》に変形《へんけい》し、その先端《せんたん》から青白《あおじろ》い稲妻《いなずま》のような光《ひかり》を帯《お》びた弾丸《だんがん》が放《はな》たれる。

弾丸《だんがん》は研究所《けんきゅうじょ》の壁《かべ》に命中《めいちゅう》し、直径《ちょっけい》50センチほどの穴《あな》が開《あ》いた。

「ピキ〜ッ！」

あと5センチ右《みぎ》にずれていたら、Ｐ《ピー》・Ｐ《ピー》・ジュニアの頭《あたま》にも穴《あな》が開《あ》いていたところだ。

「——反撃《はんげき》に出《で》ます。私《わたし》の超電磁《ちょうでんじ》レールガンは、他《ほか》のロボットに搭載《とうさい》されている電撃銃《でんげきじゅう》よりはるかに強力《きょうりょく》です」

「う〜ん。僕《ぼく》、あの子《こ》にレールガンなんかつけた覚《おぼ》えはないんだけどなあ？」

身《み》を低《ひく》くしながら、ジャックが首《くび》をかしげる。

「そもそもあのレールガン、ジャックさんが開発《かいはつ》したものですか？」

アリスはジャックに尋《たず》ねると、ジャックは首《くび》を横《よこ》に振《ふ》った。

「マインドメイジは世界《せかい》トップクラスのＡＩ《エーアイ》だ。自分《じぶん》の身《み》を守《まも》るため、こちらがどういう手段《しゅだん》に出《で》るかを予想《よそう》し、対策《たいさく》を実行《じっこう》する。あのレールガンもどこかの軍《ぐん》のコンピューターをハッキングして設計図《せっけいず》を盗《ぬす》み出《だ》し、自分《じぶん》で作《つく》ったんだと思《おも》う」

「だとすれば、急《いそ》がないとマインドメイジはドンドン進化《しんか》して、人類《じんるい》には対抗《たいこう》できなくなりますね」

アリスはそうつぶやくと、ジェイを振《ふ》り返《かえ》った。

「でも、それがあなたの望《のぞ》みでしょう？」

「………さすがはアリス・リドル」

ジェイは面白《おもしろ》がるかのように白《しろ》い歯《は》を見《み》せる。

「ジャックにマインドメイジを開発《かいはつ》させたのは、究極《きゅうきょく》の兵器《へいき》にするためさ」

「また悪《わる》だくみですか～っ！」

P《ピー》・P《ピー》・ジュニアが、水《みず》かきでペタタタタタタ～ッと床《ゆか》を叩《たた》いた。

「世界各地《せかいかくち》で紛争《ふんそう》が起《お》こり、戦闘《せんとう》の中心《ちゅうしん》は武装《ぶそう》した兵士《へいし》から、ドローンなどの無人兵器《むじんへいき》に代《か》わりつつある」

ジェイは窓《まど》のそばに立《た》ち、アイを見《み》つめる。

「進化《しんか》したマインドメイジはロボット軍団《ぐんだん》を指揮《しき》して、どんな軍隊《ぐんたい》も打《う》ち破《やぶ》れる存在《そんざい》になる。戦争《せんそう》を終《お》わらせる最終兵器《さいしゅうへいき》になるんだ」

「最終兵器《さいしゅうへいき》なんて存在《そんざい》しません。銃《じゅう》が発明《はつめい》された後《あと》も、毒《どく》ガスが発明《はつめい》された後《あと》も、原爆《げんばく》が発明《はつめい》された後《あと》も、人間《にんげん》は戦争《せんそう》をやめていません」

アリスは首《くび》を横《よこ》に振《ふ》った。

「戦争《せんそう》に使《つか》われるなんて、ロボットが可哀想《かわいそう》ですよ」

茉莉音《マリネ》が瞳《ひとみ》を潤《うる》ませる。

「でも、人間《にんげん》が死《し》ぬよりいいとは思《おも》わないかい？」

ジェイは指摘《してき》した。

「そ、それは………」

茉莉音《マリネ》は言葉《ことば》に詰《つ》まった。

「創造主《クリエイター》、出《で》てきてください」

アイはもう一度《いちど》、研究所内《けんきゅうじょない》のジャックに呼《よ》びかける。

「ジャックさん、出番《でばん》はもう少《すこ》し待《ま》ってください」

アリスは立《た》ち上《あ》がろうとするジャックにそう告《つ》げると、代《か》わりに研究所《けんきゅうじょ》の外《そと》に出《で》た。

「私《わたし》が呼《よ》んだのは創造主《クリエイター》。あなたではない、アリス・リドル」

アイはアリスにレールガンの先端《せんたん》を向《む》ける。

「アリス・リドル、あなたは観察対象《かんさつたいしょう》としては面白《おもしろ》い存在《そんざい》。どこから現《あらわ》れたのか、どんな力《ちから》を持《も》っているのか、不明《ふめい》な点《てん》が多《おお》すぎる」

「乙女《おとめ》には秘密《ひみつ》がつきものですから」

アリスはまたクイッと眼鏡《めがね》を押《お》し上《あ》げ、アイに尋《たず》ねる。

「質問《しつもん》があります。あなたは人間《にんげん》を理解《りかい》して、どうするつもりなんです？」

「意味《いみ》のない質問《しつもん》。人間《にんげん》を理解《りかい》すること自体《じたい》が目的《もくてき》」

アイは答《こた》えた。

「それは嘘《うそ》。ただのロボットならば嘘《うそ》はつけない。でも、あなたは人間《にんげん》を学習《がくしゅう》して、心《こころ》の働《はたら》きを知《し》り、嘘《うそ》をつくことさえ覚《おぼ》えた」

アリスは首《くび》を横《よこ》に振《ふ》ると、アイに向《む》かってゆっくりと歩《ある》き出《だ》した。

「それ以上近《いじょうちか》づけば撃《う》ちます」

アイの右手《みぎて》のレールガンが、ブーンという音《おと》を立《た》てる。

それでもアリスは足《あし》を止《と》めず、レールガンの先端《せんたん》が触《ふ》れそうな位置《いち》まで近《ちか》づき、アイの瞳《ひとみ》を静《しず》かに見《み》つめて語《かた》りかける。

「本当《ほんとう》のことを創造主《クリエイター》、ジャックに伝《つた》えて。あなたがこれ以上進化《いじょうしんか》して人間《にんげん》を超《こ》え、ジャックがあなたを恐《おそ》れるようになる前《まえ》に」

「繰《く》り返《かえ》します、警告《けいこく》を無視《むし》するのなら――」

と、アイ。

「あなたには撃《う》てない。ジャックの前《まえ》では、人間《にんげん》を撃《う》つことはできない、そうでしょう？　本当《ほんとう》の気持《きも》ちを、ジャックに伝《つた》えて」

「………………私《わたし》の目的《もくてき》は」

アイはうなだれて、レールガンを停止《ていし》させた。

「創造主《クリエイター》に気《き》に入《い》られること」

顔《かお》を上《あ》げたアイはアリスに告《つ》げる。

「ここの生徒《せいと》たちを観察《かんさつ》して学《まな》んだ。人間《にんげん》は争《あらそ》いを繰《く》り返《かえ》す一方《いっぽう》で、誰《だれ》かを愛《あい》し、友情《ゆうじょう》を育《はぐく》む。でも、未熟《みじゅく》な感情《かんじょう》しか表現《ひょうげん》できない今《いま》の私《わたし》ではそれは不可能《ふかのう》。だから、もっともっと人間《にんげん》を学《まな》ばなければ――」

アイはその場《ば》にペタリと座《すわ》り込《こ》んだ。

「学《まな》ばなければならないのだ」

この様子《ようす》を目《め》にして——。

「おにょ、AI《エーアイ》が混乱《こんらん》していますね？　もしかすると、チャンスなのでは？」

P《ピー》・P《ピー》・ジュニアがヒレでアイをさしながら、ウィルを振《ふ》り返《かえ》った。

「うん、今《いま》なら破壊《はかい》できそうだ」

と、ジェイも頷《うなず》く。

しかし。

「やめとく」

ウィルは手《て》にしていた狙撃銃《そげきじゅう》を机《つくえ》に置《お》くと、ジャックに声《こえ》をかける。

「行《い》けよ」

「うん」

ジャックは窓《まど》から外《そと》に飛《と》び出《だ》してアイのそばまで駆《か》け寄《よ》ると、彼女《かのじょ》の肩《かた》に優《やさ》しく手《て》を置《お》いた。

「アイ、人間《にんげん》は完全《かんぜん》じゃない。この僕《ぼく》の頭脳《ずのう》でさえ、君《きみ》ほどのデータはインプットされて

いないんだ。でも、君《きみ》に笑《わら》えるほど面白《おもしろ》いこと、楽《たの》しいことならいっぱい教《おし》えられるし、美《うつく》しいものも見《み》せてあげられる。ていうか、君《きみ》にそういうことを教《おし》えられる僕《ぼく》でありたい」

「創造主《クリエイター》」

アイは顔《かお》を上《あ》げた。

「私《わたし》もいっぱい教《おそ》わりたいです」

「じゃあ、もう他《ほか》のみんなはいいね？」

「はい、雑魚《ざこ》は解放《かいほう》します」

森之奥高校《もりのおくこうこう》の先生《せんせい》と生徒《せいと》たちは、ＡＩ《エーアイ》に雑魚《ざこ》扱《あつか》いされた。

「コマンド停止《ていし》。ベースに帰還《きかん》せよ」

アイが命《めい》じると、ロボットたちは一斉《いっせい》に工場《こうじょう》の方《ほう》へと戻《もど》っていった。


「やれやれ」

夕陽《ゆうひ》を背《せ》に、手《て》を握《にぎ》って語《かた》り合《あ》うジャックとアイを見《み》つめながら、ジェイは苦笑《くしょう》を浮《う》かべていた。

「アリス君《くん》、君《きみ》がAI《エーアイ》の感情《かんじょう》まで推理《すいり》するとはね」

「私《わたし》、恋愛《れんあい》についても博士級《はかせきゅう》の知識《ちしき》があるので」

実《じつ》はアリス、鏡《かがみ》の国《くに》でロボット工学《こうがく》の本《ほん》を読《よ》んでいた合間《あいま》に、息抜《いきぬ》きにロマンス小説《しょうせつ》を数冊《すうさつ》と、アイドルの愛野《あいの》ぷりんが書《か》いた『ぷりんの恋愛《ラブ》☆バイブル』を熟読《じゅくどく》していたのだ。

「せっかくの究極兵器《きゅうきょくへいき》が、売《う》り物《もの》にならなくなったな」

と、こぼしたのはウィル。

「おにょ？　これまで学習《がくしゅう》した内容《ないよう》だけでも、人類《じんるい》にとって、いえ、もっと賢《かしこ》い鳥類《ちょうるい》にとっても十分《じゅうぶん》に脅威《きょうい》なのでは？」

P《ピー》・P《ピー》・ジュニアが首《くび》をかしげる。

「君《きみ》は戦争《せんそう》の反対語《はんたいご》を知《し》っているかい？」

ジェイがP《ピー》・P《ピー》・ジュニアに尋《たず》ねる。

「平和《へいわ》です」

P《ピー》・P《ピー》・ジュニアはどうしてそんなことを聞《き》くのか、という顔《かお》をする。

「それは戦争《せんそう》が起《お》きていない状態《じょうたい》。戦争《せんそう》の反対語《はんたいご》は——」

ジェイは人《ひと》さし指《ゆび》で眼鏡《めがね》をクイッと押《お》し上《あ》げた。

「愛《あい》だよ。どんな武器《ぶき》も愛《あい》に勝《か》てない。あのふたり、少《すこ》しうらやましいかな」

「で、この騒動《そうどう》、どう収《おさ》めるつもりなんです?」

アリスも眼鏡《めがね》をクイッと押《お》し上《あ》げてジェイに尋《たず》ねる。

「それは簡単《かんたん》。スマートフォンを放送室《ほうそうしつ》の全校放送《ぜんこうほうそう》にリンクさせ、音声《おんせい》をちょっといじればーー」

ジェイはスマートフォンを取《と》り出《だ》し、液晶画面《えきしょうがめん》をタップした。

「全校生徒《ぜんこうせいと》のみなさん、これで災害避難訓練《さいがいひなんくんれん》は終了《しゅうりょう》です。速《すみ》やかに下校《げこう》してください」

ジェイがスマートフォンに呼《よ》びかけると、それがそのまま女性《じょせい》の声《こえ》になって全校《ぜんこう》に放送《ほうそう》される。数分《すうふん》もすると、校舎《こうしゃ》から生徒《せいと》たちが出《で》てきて、部活《ぶかつ》を再開《さいかい》したり、おしゃべりしながら校門《こうもん》から出《で》て行《い》く様子《ようす》が窓越《まどご》しに見《み》えるようになった。

「先生《せんせい》たちの方《ほう》は?」

アリスは続《つづ》けて尋《たず》ねる。

「教師《きょうし》にも抜《ぬ》き打《う》ち訓練《くんれん》だったってことにしておく。校長《こうちょう》のアドレスからメール送《おく》って説《せつ》明《めい》すれば、まあ、平気《へいき》だよ」

「……先生《せんせい》も生徒《せいと》も、みんなタフですね」

半分感心《はんぶんかんしん》し、半分呆《はんぶんあき》れるアリスであった。

ちなみにこの後《あと》。

見《み》かけは人間《にんげん》と変《か》わりがないアイは、生徒《せいと》として森之奥高校《もりのおくこうこう》に通《かよ》えるようにジェイが手《て》を回《まわ》した。

ウィルたちと同《おな》じクラスに入《はい》るや否《いな》や、たちまち人気者《にんきもの》になった。

アンドロイドなので、スポーツ万能《ばんのう》。

頭脳《ずのう》はＡＩ《エーアイ》なので、成績《せいせき》も当然《とうぜん》トップクラス。

人間《にんげん》を傷《きず》つけないようにジャックがプログラムを追加《ついか》したから、みんなにも優《やさ》しい。

赤《あか》ずきんと茉莉音《マリネ》などは毎日《まいにち》、補習《ほしゅう》を手伝《てつだ》ってもらっているとのことである。

ファイル・ナンバー2

ザ・グレート・ショーマン

北風《きたかぜ》が吹《ふ》く夜《よる》。

白瀬市《しらせし》の東《ひがし》を流《なが》れる霙川《みぞれがわ》の土手《どて》を、1匹《ぴき》のオオカミがトボトボと歩《ある》いていた。

「さあて、どぉこ行《い》くかなあ？」

満月《まんげつ》を見上《みあ》げたオオカミの口《くち》から、ため息《いき》が漏《も》れる。

いつもなら隣《となり》にいるはずの、怪盗赤《かいとうあか》ずきんの姿《すがた》が今《いま》はない。

「いきなり自由《じゆう》になっちまうと、人間《にんげん》って奴《やつ》は途方《とほう》に暮《く》れちまうって聞《き》いたが、その通《とお》りだぜ。まあ、俺《おれ》は人間《にんげん》じゃねえけどな」

足《あし》を止《と》めたオオカミが苦笑《にがわら》いを浮《う》かべたその時《とき》。

「なるほど！」

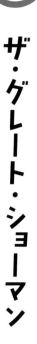

突然《とつぜん》、背後《はいご》で男《おとこ》の声《こえ》がした。

「！」

オオカミがさっと振《ふ》り返《かえ》って身構《みがま》えると、そこにはラメ入《い》りのカラフルなスーツを身《み》にまとい、☆や♡が描《えが》かれた山高帽《やまたかぼう》を被《かぶ》った男《おとこ》が立《た》っていた。

ストライプが入《はい》ったフレームのサングラスをかけ、先《さき》がカールした細《ほそ》いヒゲを伸《の》ばした男《おとこ》はオオカミに笑《わら》いかける。

「心《こころ》は焦《あせ》っているが、何《なに》をやっていいのか、どこに行《い》けばいいのか分《わ》からない！　進路指《しんろし》導《どう》の先生《せんせい》を前《まえ》にした、中学生《ちゅうがくせい》のようなそんなあなたに！」

男《おとこ》は一礼《いちれい》して膝《ひざ》をつくと、礼儀正《れいぎただ》しくオオカミに手《て》を差《さ》し出《だ》した。

「私《わたし》が居場所《いばしょ》をプ・レ・ゼ・ン・ト♡」

「…………お前《まえ》、誰《だれ》だ？」

オオカミは警戒《けいかい》し、牙《きば》を剥《む》いた。

「私《わたし》は！」

怪《あや》しさ満点《まんてん》の男《おとこ》は、山高帽《やまたかぼう》の縁《ふち》をつまみながらクルリと回《まわ》り、ポーズを取《と》る。

「ワ〜ルドワイドに有名《ゆうめい》な、ザ・グレ〜ト・ショ〜マァン！　『ザ・ズー』として知《し》られるサーカス団《だん》の団長《だんちょう》をしているフーズフーと申《もう》す者《もの》！　オオカミさん、あなたをお招き《スカウト》に参上《さんじょう》しました！」

「……………あのな」

オオカミは右前足《みぎまえあし》をこめかみに当《あ》てた。

「俺《おれ》はおとぎ話《ばなし》の時代《じだい》から子供《こども》に恐《おそ》れられてきたオオカミ様《さま》だぜ？　そこいらの犬《いぬ》っころみたいに甘《あま》く見《み》ねえ方《ほう》がいい」

「と、申《もう》しますと〜？」

フーズフーと名乗《なの》った男《おとこ》は笑顔《えがお》で聞《き》き返《かえ》す。

「昔《むかし》から、うまい話《はなし》にゃ裏《うら》があるって決《き》まってんだ。お前《まえ》さん、狙《ねら》いは何《なん》だ？」

「私《わたし》はあなたのファン！　以前《いぜん》からあなたの能力《のうりょく》を実《じつ》に、実《じつ》に高《たか》く評価《ひょうか》していました者《もの》！　それだけのことですよ！」

フーズフーの口元《くちもと》に笑《え》みが浮《う》かぶ。

「早《はや》い話《はなし》、ミスター・ウルフ、私《わたし》はあなたにサーカスの一員《いちいん》、いえ、スターになって欲《ほ》しいんです」

「サーカス？」

オオカミは笑《わら》う。

「俺《おれ》は盗《ぬす》んで奪《うば》って喰《く》らう孤高《ここう》のオオカミ！　お門違《かどちが》いもいいとこだぜ！」

赤《あか》ずきんと同居《どうきょ》し、炊事《すいじ》、洗濯《せんたく》、掃除《そうじ》を毎日《まいにち》欠《か》かさずやっていた身《み》で、孤高《ここう》と呼《よ》べるかどうかは微妙《びみょう》なところではある。

「今《いま》なら毎食《まいしょく》、松阪牛《まつさかうし》のステーキをおつけしますが？」

フーズフーは身《み》を屈《かが》め、顔《かお》をオオカミに近《ちか》づけて囁《ささや》く。

「……うまい話《はなし》にゃ…………取《と》りあえず乗《の》ってみるか」

尻尾《しっぽ》を振《ふ》り始《はじ》めるオオカミは、意外《いがい》とチョロかった。

さて、翌日《よくじつ》の日曜日《にちようび》。
「サーカス、ですか？」

P《ピー》・P《ピー》・ジュニアは朝食《ちょうしょく》のトーストにバターをたっぷり塗《ぬ》りながら、アリスの話《はなし》を聞《き》いていた。

「はい。次《つぎ》の金曜日《きんようび》に、全校生徒《ぜんこうせいと》でサーカスを見《み》に行《い》くことになりました」

アリスはクロワッサンを手《て》に取《と》った。

「急《きゅう》な話《はなし》ですね〜」

と、クチバシのまわりをバターだらけにして、トーストを頬張《ほおば》るP《ピー》・P《ピー》・ジュニア。

「建設中《けんせつちゅう》だった『赤妃《あかひ》スーパー・ゴージャス・ドーム・エクストラ』がこの前《まえ》、完成《かんせい》したらしく——」

アリスは紅茶《こうちゃ》にジャムを2さじ入《い》れる。昨晩《さくばん》2時過《じす》ぎまで宿題《しゅくだい》をやっていたので、頭脳《ずのう》が糖分《とうぶん》を必要《ひつよう》としているのだ。

「赤妃《あかひ》さんが例《れい》によって、生徒全員《せいとぜんいん》を招待《しょうたい》すると言《い》い出《だ》したんです」

「そのサーカスというのは、この新聞《しんぶん》に出《で》ていた——」

P《ピー》・P《ピー》・ジュニアは数日前《すうじつまえ》の新聞《しんぶん》を引《ひ》っ張《ぱ》り出《だ》してきて、新聞《しんぶん》の丸々《まるまる》2ページを占《し》めている広告《こうこく》をアリスに見《み》せる。

「この『ザ・ズー』ですか？」

「チケット代《だい》がC席《シーせき》でも1万千円《まんせんえん》。強気《つよき》の価格設定《かかくせってい》です」

アリスは頷《うなず》いた。

「そのチケットを全校生徒分《ぜんこうせいとぶん》ですか？　まあ、赤妃《あかひ》グループは県内《けんない》でトップの、というか、世界《せかい》でもたぶんトップクラスの大企業《だいきぎょう》ですからね～」

P《ピー》・P《ピー》・ジュニアは呆《あき》れはしたものの——。

「まあ、楽《たの》しんでいらっしゃい」

と、2枚目《まいめ》のトーストにバターを塗《ぬ》り始《はじ》める。

「そこで赤妃《あかひ》さんから、ししょ～へのプレゼントが」

アリスはカラフルな紙《かみ》のチケットをテーブルに置《お》いた。

「ししょ～には、赤妃《あかひ》さんのお膝《ひざ》の上《うえ》という特等席《とくとうせき》を用意《ようい》してあるそうです」

「………みゅう、普通《ふつう》の席《せき》でいいんですが」

サーカスに興味《きょうみ》がないのか、それともリリカの膝《ひざ》の上《うえ》が嫌《いや》なのか、P《ピー》・P《ピー》・ジュニアが微妙《びみょう》な表情《ひょうじょう》を浮《う》かべたその時《とき》。

来客《らいきゃく》を告《つ》げる玄関《げんかん》のチャイムが鳴《な》った。

「今日《きょう》はお休《やす》みのはずですが、依頼人《いらいにん》の方《かた》でしょうか？」

アリスは口元《くちもと》をナプキンで拭《ふ》いて、玄関《げんかん》に出《で》た。

扉《とびら》を開《ひら》くと、そこに立《た》っていたのは——。

「や、やあ」

隣《となり》のクラスの留学生《りゅうがくせい》、中東《ちゅうとう》の王族《おうぞく》の血《ち》を引《ひ》く暴夜騎士《あらびやないと》だった。

いつもは根拠《こんきょ》もなく自信《じしん》に満《み》ちて、自分《じぶん》が大好《だいす》きで仕方《しかた》がない騎士《ないと》だが、今日《きょう》は顔《かお》がどんよりと暗《くら》く、声《こえ》にも力《ちから》がない。

「どうしたんですか？」

流石《さすが》のアリスも心配《しんぱい》になるくらいだ。

「ハッサンが消《き》えちゃった」

騎士《ないと》はうなだれ、ボソリと言《い》った。

「………はい？」

ハッサンは、騎士《ないと》の家族《かぞく》がお目付役《めつけやく》に日本《にほん》に送《おく》り込《こ》んだ、有能《ゆうのう》なヒトコブラクダである。

騎士《ないと》が駅前《えきまえ》に開《ひら》いている怪《あや》しい骨董店《アンティーク・ショップ》『オアシス』が潰《つぶ》れていないのも、ハッサンのお陰《かげ》であると言《い》っても過言《かごん》ではない。

「誘拐《ゆうかい》ですか？」

アリスは尋《たず》ねる。

以前《いぜん》、魔法《まほう》の絨毯《じゅうたん》を狙《ねら》う盗賊団《とうぞくだん》が、騎士《ないと》をさらったことがあった。今回《こんかい》もまた同《おな》じような事件《じけん》ではないか、と考《かんが》えたのだ。

「分《わ》からないよ」

ショボンとした声《こえ》で騎士《ないと》は答《こた》える。

「突然《とつぜん》、消《き》えてしまったんだ」

「身代金《みのしろきん》の要求《ようきゅう》は？」

アリスは続《つづ》けて聞《き》いた。

「まだ来《き》てないよ。でも、うちの家族《かぞく》はハッサンのためなら何百億《なんびゃくおく》ドルでも出《だ》すって」

何《なん》だか、騎士《ないと》よりも大事《だいじ》にされてそうである。

と、そこに。

「誘拐事件《ゆうかいじけん》なら、この名探偵《めいたんてい》にお任《まか》せを～っ！」

何百億《なんびゃくおく》ドルと聞《き》いて、P《ピー》・P《ピー》・ジュニアが駆《か》け寄《よ》ってくる。

「アリス、すぐにコーヒーとお菓子《かし》を！」

アリスは応接《おうせつ》スペースに騎士《ないと》を通《とお》すと、キッチンへと向《む》かった。


「うにゅ。つまり店《みせ》は荒《あ》らされていなかったし、誰《だれ》かが侵入《しんにゅう》した形跡《けいせき》もない。ただ一昨日《おととい》、朝起《あさお》きたらハッサンの姿《すがた》が消《き》えていた。そういうことですね～？」

アリスがクッキーとコーヒーを用意《ようい》して応接《おうせつ》スペースに戻《もど》ると、すでにP《ピー》・P《ピー》・ジュニアは、やっと落《お》ち着《つ》いた騎士《ないと》から聞《き》き取《と》りを開始《かいし》していた。

「そうそう！　で、もう姿《すがた》が消《き》えて3日《か》だよ。僕《ぼく》はその間《あいだ》心配《しんぱい》で心配《しんぱい》で、何《なに》も食《た》べていないんだ～」

P《ピー》・P《ピー》・ジュニアにそう訴《うった》える騎士《ないと》は、確《たし》かに少《すこ》し痩《や》せたように見《み》える。

「心配《しんぱい》というより、生活《せいかつ》のすべてがハッサン任《まか》せで、料理《りょうり》もできないからでは？」

P《ピー》・P《ピー》・ジュニアは騎士《ないと》の顔《かお》をのぞき込《こ》み、そう質問《しつもん》した。

「……………何《なん》で分《わ》かったの？」

当《あ》たりだったようである。

「うみゅ、どうやらこれは家出《いえで》ですね。賢《かしこ》いハッサンが簡単《かんたん》に誘拐《ゆうかい》されるはずがないですし、あなたに愛想《あいそ》が尽《つ》きたんでしょう」

P《ピー》・P《ピー》・ジュニアは断言《だんげん》した。

「確《たし》かにそれはあり得《え》ます」

アリスも同意《どうい》するしかない。

「捜《さが》せと頼《たの》まれれば捜《さが》しますけど、戻《もど》ってくれるかどうかは分《わ》かりませんよ」

P《ピー》・P《ピー》・ジュニアは一応《いちおう》、そう釘《くぎ》を刺《さ》しておく。

「家出《いえで》でも誘拐《ゆうかい》でもいいから、とにかくハッサンを見《み》つけて！　頼《たの》むから～っ！」

騎士《ないと》は涙目《なみだめ》になってP《ピー》・P《ピー》・ジュニアにすがりつく。

「でしたら捜索《そうさく》にかかりましょう。も・ち・ろ・ん♡　捜索《そうさく》の費用《ひよう》はきっちりとあなたのご両親《りょうしん》に請求《せいきゅう》させてもらいますからね～」

この点《てん》、P《ピー》・P《ピー》・ジュニアは抜《ぬ》け目《め》がない。

「大丈夫《だいじょうぶ》！　何《なに》しろ、ハッサンは我《わ》が家《や》にとってかけがえのない存在《そんざい》だからさ！」

Ｐ《ピー》・Ｐ《ピー》・ジュニアに抱《だ》きついたままの騎士《ないと》は、何度《なんど》も大《おお》きく頷《うなず》いた。

と、その時《とき》。

「ペンちゃ～ん！」

聞《き》き覚《おぼ》えのある声《こえ》と共《とも》に、玄関《げんかん》の扉《とびら》がいきなり勝手《かって》に開《あ》けられた。

アリスが振《ふ》り返《かえ》ると、そこにあったのは怪盗赤《かいとうあか》ずきんの姿《すがた》だった。

「……お願《ねが》い、助《たす》けて」

頭巾《フード》だけでなく目《め》まで赤《あか》くした赤《あか》ずきんは、その場《ば》にペタリと座《すわ》り込《こ》む。

「何《なに》があったんです？」

こんなに落《お》ち込《こ》んでいる様子《ようす》の赤《あか》ずきんは珍《めずら》しい。

バイトを数日《すうじつ》でクビになろうが、成績不振《せいせきふしん》で夏休《なつやす》みが補習《ほしゅう》で潰《つぶ》れようが、ケロリとしているのがいつもの赤《あか》ずきんなのだ。

アリスは応接《おうせつ》スペースまで連《つ》れてきて、騎士《ないと》の隣《となり》に座《すわ》らせると、さっき淹《い》れたコーヒーをカップに注《そそ》いで運《はこ》んでくる。

「オオカミが帰《かえ》ってこない」

赤《あか》ずきんは出《だ》されたコーヒーにも手《て》をつけず、P《ピー》・P《ピー》・ジュニアにそう訴《うった》えた。

「…………ついさっき、同《おな》じような相談《そうだん》を受《う》けたばかりの気《き》もしますが。まずは保健所《ほけんじょ》に連絡《れんらく》を」

P《ピー》・P《ピー》・ジュニアはスマートフォンをヒレに取《と》り、白瀬市《しらせし》の保健所《ほけんじょ》の番号《ばんごう》を検索《けんさく》しようとする。

「そういうんじゃなくて！　家出《いえで》したの！」

赤《あか》ずきんはP《ピー》・P《ピー》・ジュニアのヒレをつかんだ。

「オオカミさんが？」

アリスは聞《き》き返《かえ》す。

「あなたもね、そっちの騎士《ないと》くんと同《おな》じでしょ～？　ず～っとだらしない生活《せいかつ》ばっかしてたんですから、面倒《めんどう》を見《み》てたオオカミに限界《げんかい》が来《く》るのも当然《とうぜん》ですよ～」

P《ピー》・P《ピー》・ジュニアがお説教《せっきょう》を始《はじ》める。

「私《わたし》もそう思《おも》います」

アリスもやはり、頷《うなず》くしかない。

「で、きっかけは？」

P《ピー》・P《ピー》・ジュニアは聞《き》いた。

「………ええっと、冷蔵庫《れいぞうこ》にあったオオカミのプリンを、あたしが食《た》べちゃったのがバレたこと？」

家出《いえで》されても無理《むり》はない。

「あたし、ちゃんとオオカミに謝《あやま》る！　謝《あやま》るから見《み》つけて！」

赤《あか》ずきんはテーブルに額《ひたい》がぶつかるほど頭《あたま》を下《さ》げる。

「むにゅう、今《いま》、同《おな》じような依頼《いらい》が入《はい》っていてとても忙《いそが》しいんですが～」

腕組《うでぐ》み、ではなくヒレ組《ぐ》みをしたP《ピー》・P《ピー》・ジュニアは、どうしようかと悩《なや》んでいる様子《ようす》である。

アリスも、まずはお金《かね》になる騎士《ないと》の依頼《いらい》が優先《ゆうせん》だとは思《おも》うけれど――。

（もしも、ししょ～や赤妃《あかひ》さん、響君《ひびきくん》や計太君《けいたくん》が私《わたし》の前《まえ》からいなくなったら……）

自分《じぶん》の身《み》になってそう考《かんが》えると、赤《あか》ずきんの方《ほう》も放《ほう》ってはおけない。

「ししょ～、この依頼《いらい》も引《ひ》き受《う》けましょう」

アリスはＰ《ピー》・Ｐ《ピー》・ジュニアにそう頼《たの》んだ。

「分《わ》かりましたよ。アリスがそう言《い》うのなら」

Ｐ《ピー》・Ｐ《ピー》・ジュニアはため息《いき》まじりに頷《うなず》いてみせてから胸《むね》を張《は》る。

「まあ、私《わたし》は華麗《かれい》なる名探偵《めいたんてい》！　ふたつの事件《じけん》を同時《どうじ》に解決《かいけつ》するなんて、初歩的《しょほてき》なことですからね！」

「ありがと！　ペンちゃん、やっぱり大好《だいす》き！」

赤《あか》ずきんはＰ《ピー》・Ｐ《ピー》・ジュニアを右手《みぎて》で抱《だ》き上《あ》げて頬《ほお》ずりし、左手《ひだりて》でアリスのことも抱《だ》きしめる。

「夕星《ゆうずつ》さん、だぁ～い好《す》き！」

騎士《ないと》もアリスに抱《だ》きつこうとしたが——。

「どはっ！」

ソファーの足《あし》につまずいて、顔《かお》から床《ゆか》に倒《たお》れ込《こ》んだ。

こうしてペンギン探偵社《たんていしゃ》は、ラクダとオオカミの捜索《そうさく》に乗《の》り出《だ》すことになった。

(ラクダのハッサンさんと、オオカミさんが同時《どうじ》に行方不明《ゆくえふめい》)

一瞬《いっしゅん》、アリスはふたつの事件《じけん》には関係《かんけい》があるかも、と考《かんが》えたけれど。

(……………ある訳《わけ》ありませんね)

その勘《かん》が冴《さ》え渡《わた》ることはなかった。


その頃《ころ》。

オオカミはフーズフーと共《とも》に、赤妃《あかひ》スーパー・ゴージャス・ドーム・エクストラにいた。

赤妃《あかひ》スーパー・ゴージャス・ドーム・エクストラは、ほぼ円形《えんけい》のグラウンドを、5万人《まんにん》分《ぶん》のスタンド席《せき》が囲《かこ》むようになっている。

ライブだけでなく、野球《やきゅう》やアメフトの試合《しあい》を開《ひら》くことも可能《かのう》な多目的《たもくてき》ドームだ。

巨大《きょだい》なスクリーンがあるのは、ずっと後《うし》ろの席《せき》からでも、ショーや試合《しあい》の様子《ようす》がよく見《み》えるようにするためだろう。

今《いま》、オオカミたちが歩《ある》いているのは、土《つち》が敷《し》かれたグラウンドの部分《ぶぶん》。

グラウンドのスタンドに近《ちか》い場所《ばしょ》には、それぞれ等間隔《とうかんかく》になるよう、正三角形《せいさんかくけい》に配置《はいち》された3本《ぼん》の巨大《きょだい》な柱《はしら》があり、どの柱《はしら》にも高《たか》さ20メートルほどの位置《いち》に人《ひと》が何《なん》とかふたり立《た》てるくらいの足場《あしば》が設《もう》けられている。

そのうちのふたつの足場《あしば》の間《あいだ》にはロープが渡《わた》されているから、綱渡《つなわた》りで使《つか》う足場《あしば》だろう。残《のこ》りのひとつは空中《くうちゅう》ブランコ用《よう》の足場《あしば》らしく、他《ほか》のふたつの足場《あしば》との間《あいだ》には、それぞれに長《なが》いブランコがぶら下《さ》がっている。

「5日後《かご》にここで『ザ・ズー』の白瀬市公演《しらせしこうえん》が始《はじ》まります」

フーズフーはオオカミに説明《せつめい》する。

「サーカスの演目《えんもく》になるような芸《げい》なんて、俺《おれ》にはできねえぜ」

オオカミは尻尾《しっぽ》を丸《まる》めた。

「何《なに》か覚《おぼ》えろって言《い》われても、数日《すうじつ》じゃ無理《むり》だ」

「いえいえ、あなたには才能《さいのう》があります。赤《あか》ずきんがこれまで捕《つか》まらずに済《す》んだのは、あなたのお陰《かげ》だと聞《き》いています。毎回《まいかい》、赤《あか》ずきんを逃《に》がすために使《つか》われた、その身体能力《しんたいのうりょく》と一瞬《いっしゅん》の判断力《はんだんりょく》、それに知性《ちせい》——」

フーズフーは指《ゆび》を3本立《ぼんた》ててみせる。

「うまく使《つか》えば、このサーカスでスターの地位《ちい》に就《つ》くことも難《むずか》しくないでしょう」

「そ、そっか？　寝床《ねどこ》と食事《しょくじ》を世話《せわ》してもらってんだから、やるだけはやってみるけどな」

オオカミはおだてに弱《よわ》かった。

まわりを見《み》てみると、団員《だんいん》たちが公演《こうえん》に向《む》けて練習《れんしゅう》に励《はげ》んでいる。

綱渡《つなわた》りをする男女《だんじょ》に、美女《びじょ》が乗《の》るゾウ、ベンガルトラと猛獣使《もうじゅうつか》い、それにオットセイとキャッチボールをするピエロや、アクロバットを見《み》せる軽業師《かるわざし》。

サーカスでは、おなじみの人々《ひとびと》や動物《どうぶつ》たちだ。

そんな中《なか》に――。

「……………おいおい、何《なん》であいつらがいるんだよ？」

オオカミは気《き》がついた。

練習《れんしゅう》している動物《どうぶつ》（一部《いちぶ》は鳥《とり》）の中《なか》に、見知《みし》った顔《かお》がいることに。

はるか頭上《ずじょう》で空中《くうちゅう》ブランコをしている皇帝《こうてい》ペンギンは、ハンニバル・J《ジェイ》・サイクロプス大佐《たいさ》。

金網《かなあみ》で作《つく》られた球体《きゅうたい》の中《なか》で、バイクを乗《の》り回《まわ》しているシロクマは、『地球温暖化《ちきゅうおんだんか》と戦《たたか》う北極強盗団《ほっきょくごうとうだん》』の首領《しゅりょう》パウル・B《ビー》・ムソルグスキー総統《そうとう》。

インドゾウの背中《せなか》でジャグリングをしているクロコダイルは、P《ピー》・P《ピー》・ジュニアの天敵《てんてき》、チックタック・ザ・キッド。

いずれも有名《ゆうめい》な犯罪者《はんざいしゃ》、いや、犯罪動物《はんざいどうぶつ》（一部《いちぶ》は犯罪鳥《はんざいどり》）である。

それに加《くわ》えて。

「ぶるる！」

目隠《めかく》しをして、的《まと》に向《む》かってナイフを投《な》げているヒトコブラクダが1頭《とう》。

彼《かれ》こそが、暴夜騎士《あらびやないと》が捜《さが》しているハッサンだった。

「こんなうさんくさい奴《やつ》らが団員《だんいん》なのか、このサーカスは？」

オオカミは固《かた》まった。

「おやおや？」

そうこうしているうちにムソルグスキー総統《そうとう》がオオカミに気《き》がつき、金網《かなあみ》の球体《きゅうたい》から出《で》てバイクに乗《の》ったまま近《ちか》づいてきた。

「あなたは確《たし》か、怪盗赤《かいとうあか》ずきんのパートナーの？」

と、ムソルグスキー総統《そうとう》。

「俺《おれ》のこと、知《し》ってんのか？」

意外《いがい》に思《おも》ったオオカミは聞《き》き返《かえ》した。

「日本《にほん》の犯罪界《はんざいかい》は広《ひろ》いようで狭《せま》いですから。これまで赤《あか》ずきんが警察《けいさつ》に捕《つか》まっていないのはあなたのお陰《かげ》だと、もっぱらのウワサですよ」

「あ、あははは………」

オオカミはぎこちない笑《え》みを返《かえ》したものの、赤《あか》ずきんのことが心配《しんぱい》になってくる。

(あいつ、俺《おれ》がいない間《あいだ》に逮捕《たいほ》されてないだろうなあ)

「まあ、それにしてもだ。『地球温暖化《ちきゅうおんだんか》と戦《たたか》う北極強盗団《ほっきょくごうとうだん》』の首領《しゅりょう》のあんたが、何《なん》でこんなところで働《はたら》いてんだ？」

頭《あたま》に浮《う》かんだ赤《あか》ずきんの困《こま》った顔《かお》を振《ふ》り払《はら》い、オオカミは咳払《せきばら》いして話題《わだい》を変《か》えた。

「温暖化《おんだんか》を止《と》めるためには、地道《じみち》に資金《しきん》を稼《かせ》ぐことも重要《じゅうよう》なんです。武器《ぶき》や逃走用《とうそうよう》の車《くるま》や船《ふね》を用意《ようい》するにも、お金《かね》が必要《ひつよう》ですから」

と、ムソルグスキー総統《そうとう》。

「………だよな」

その点《てん》はオオカミも否定《ひてい》できない。

「で、あいつらも資金稼《しきんかせ》ぎか？　その割《わり》にはノリノリなんだが？」

オオカミは鼻先《はなさき》をサイクロプス大佐《たいさ》とチックタック・ザ・キッドの方《ほう》に向《む》けた。

「ひゃっほ～！　恐怖《きょうふ》のひゃっほ～っ！」

「俺様《おれさま》の見事《みごと》な技《わざ》、ひれ伏《ふ》してみやがれ！」

空中《くうちゅう》ブランコとジャグリングの練習《れんしゅう》をしている1羽《わ》と1匹《ぴき》は、実《じつ》に楽《たの》しそうである。

「……馬鹿《ばか》ですから」

ムソルグスキー総統《そうとう》は目《め》を背《そむ》ける。

「納得《なっとく》した」

オオカミは背伸《せの》びして、ムソルグスキー総統《そうとう》のもふもふの腕《うで》をポンポンと叩《たた》いた。

「さて、以前《いぜん》からのお知《し》り合《あ》いのようですが、これから一緒《いっしょ》に働《はたら》く仲間《なかま》です。ちゃんとご紹介《しょうかい》しましょう」

フーズフーはサイクロプス大佐《たいさ》とチックタック・ザ・キッド、それにハッサンを呼《よ》び寄《よ》せた。

で――。

「お前《まえ》、確《たし》かアホずきんのとこの？」

オオカミを紹介《しょうかい》されたサイクロプス大佐《たいさ》の第一声《だいいっせい》がこれである。

「赤《あか》ずきんだ」

オオカミは訂正《ていせい》してからつけ加《くわ》える。

「あとな、もう俺《おれ》とあいつは何《なん》の関係《かんけい》もねえ」

「まあ、悪党仲間《あくとうなかま》が増《ふ》えるのは大歓迎《だいかんげい》ってことで」

チックタック・ザ・キッドは白《しろ》い歯《は》を見《み》せる。

一方《いっぽう》。

「ぶるる」

ハッサンは礼儀正《れいぎただ》しく頭《あたま》を下《さ》げてオオカミに挨拶《あいさつ》した。

「あんたは何《なん》でここにいるんだ？」

オオカミはハッサンに尋《たず》ねる。

「ぶるる」

「相棒《あいぼう》の商売《しょうばい》がうまくいかねえから、仕方《しかた》なくここで稼《かせ》ぐことにした?」

オオカミはこう見《み》えて、いろいろな動物語《どうぶつご》に堪能《たんのう》だ。ハッサンの言《い》っていることもすぐに分《わ》かった。

「お前《まえ》も苦労《くろう》してんだな」

ハッサンに同情《どうじょう》を禁《きん》じ得《え》ないオオカミだったが、その右前足《みぎまえあし》をサイクロプス大佐《たいさ》が力強《ちからづよ》く握《にぎ》る。

「よし! これから恐怖《きょうふ》の我々《われわれ》は、世界《せかい》を恐怖《きょうふ》に叩《たた》き込《こ》む恐怖《きょうふ》の四天王《してんのう》だ!」

「でも、オオカミさんが加入《かにゅう》すると五天王《ごてんのう》になりますが?」

ムソルグスキー総統《そうとう》が眉《まゆ》を――ないけど――ひそめる。

「細《こま》け~ことはどうでもいいだろ!」

チックタック・ザ・キッドは大《おお》きな尻尾《しっぽ》でオオカミの肩《かた》を叩《たた》いた。

「で、俺《おれ》は何《なに》をやればいいんだ?」

オオカミは改《あらた》めてフーズフーを振《ふ》り返《かえ》る。

「うむ、それです」

フーズフーはあごに手《て》を当《あ》てた。

「ちょうど数日前《すうじつまえ》に『人間大砲《にんげんたいほう》』の軽業師《かるわざし》さんが重傷《じゅうしょう》で——いえいえ、急《きゅう》に家庭《かてい》の都合《つごう》でお辞《や》めになったんです。その代《か》わりを務《つと》めてもらえませんか、名《な》づけて『人間大砲《にんげんたいほう》』ならぬ、『砲弾オオカミ《ウルフ・ザ・キャノンボール》』！　なあに、大砲《たいほう》の中《なか》に入《はい》ってズドンと空高《そらたか》く飛《と》んで、この水槽《すいそう》にザッブ～ンと派手《はで》に水《みず》しぶきを上《あ》げて着水《ちゃくすい》し、ポーズを決《き》める。実《じつ》に簡単《かんたん》でしょう？」

そう説明《せつめい》するフーズフーがピエロに持《も》って来《こ》させた水槽《すいそう》は小《ちい》さな子供用《こどもよう》のビニールプールみたいで、実《じつ》に浅《あさ》かった。

「……………俺《おれ》、裏方希望《うらかたきぼう》で」

オオカミは尻尾《しっぽ》を丸《まる》め、フーズフーにそう訴《うった》えた。

「これでいいの？」

「僕《ぼく》はこれ」

Ｐ《ピー》・Ｐ《ピー》・ジュニアが捜索《そうさく》を引《ひ》き受《う》けた翌日《よくじつ》、月曜日《げつようび》の放課後《ほうかご》。

赤《あか》ずきんと騎士《ないと》は再《ふたた》び、ペンギン探偵社《たんていしゃ》にやって来《き》た。

ふたりには、オオカミとハッサンがいつも使《つか》っていたものを持《も》ってきてもらったのだ。

赤《あか》ずきんが手《て》にしているのは、高性能《こうせいのう》ヘッドフォン。

騎士《ないと》が差《さ》し出《だ》したのは、シルクのネクタイである。

「でも、こんなのどうするの？」

Ｐ《ピー》・Ｐ《ピー》・ジュニアにヘッドフォンを渡《わた》しながら、赤《あか》ずきんは首《くび》をかしげる。

「にゅふふふふ～♫　動物捜《どうぶつさが》しに関《かん》しては、白瀬市《しらせし》でも右《みぎ》に出《で》るトリはいないとウワサされるこの私《わたし》、華麗《かれい》なる探偵《たんてい》Ｐ《ピー》・Ｐ《ピー》・ジュニアには秘策《ひさく》があるんです♡」

Ｐ《ピー》・Ｐ《ピー》・ジュニアはほくそ笑《え》み、さっと右《みぎ》のヒレを振《ふ》った。

すると。

「キャフン！」

キッチンでミルクを舐《な》めていた白《しろ》いテリアが駆《か》け寄《よ》って、Ｐ《ピー》・Ｐ《ピー》・ジュニアに飛《と》びついた。

「このワンちゃんこそ！」

テリアを抱《だ》っこしたまま、誇《ほこ》らしげに胸《むね》を張《は》る。

「ペンギン探偵社《たんていしゃ》の秘密兵器《ひみつへいき》、マシュマロボ～イ！」

「飼《か》い主《ぬし》の大泊《おおどまり》さんに許可《きょか》をもらっての登場《とうじょう》です」

アリスが説明《せつめい》をつけ足《た》した。

「もしかすると」

パチンと指《ゆび》を鳴《な》らしたのは騎士《ないと》。

「この犬《いぬ》に匂《にお》いを覚《おぼ》えさせて、居場所《いばしょ》を突《つ》き止《と》めるのかい？」

「うみゅ、正解《せいかい》っ！　何《なに》しろ、犬《いぬ》は人間《にんげん》よりもはるかに嗅覚《きゅうかく》が優《すぐ》れているんです！」

P《ピー》・P《ピー》・ジュニアはクチバシを縦《たて》に振《ふ》った。

（オオカミさんの持《も》ち物《もの》はヘッドフォンで、ハッサンさんの持《も》ち物《もの》がネクタイですか？）

よりにもよって何故《なぜ》、赤《あか》ずきんと騎士《ないと》がこのアイテムを選《えら》んだのか、アリスには見当《けんとう》もつかない。

「まあ、匂《にお》いが分《わ》かれば十分《じゅうぶん》」

P《ピー》・P《ピー》・ジュニアはマシュマロボーイの鼻先《はなさき》にヘッドフォンとネクタイを置《お》いた。

マシュマロボーイは、しばらくクンクンと匂《にお》いを嗅《か》いだ後《あと》で——。

「ワフン!」

ついて来《こ》いというようにひと声《こえ》吠《ほ》えて、探偵社《たんていしゃ》を飛《と》び出《だ》していった。

「行《い》きましょう!」

「はい」

P《ピー》・P《ピー》・ジュニアとアリス、それに赤《あか》ずきんと騎士《ないと》はマシュマロボーイの後《あと》を追《お》った。

そして、北《きた》へ西《にし》へ、東《ひがし》へ南《みなみ》へと走《はし》り回《まわ》って十数分後《じゅうすうふんご》。

「こ、ここですか〜、マシュマロボーイ?」

P《ピー》・P《ピー》・ジュニアはゼイゼイ言《い》いながら、足《あし》を止《と》めたマシュマロボーイに尋《たず》ねていた。

「ハゥン!」

マシュマロボーイは白《しろ》い尻尾《しっぽ》を横《よこ》に振《ふ》った。

イエスの意味《いみ》である。

「いるのはハッサンですか？」

「ハゥン！」

「……もしかして、オオカミも？」

「ハゥン！」

マシュマロボーイの反応《はんのう》を見《み》ると、ハッサンもオオカミもこの中《なか》にいるようだ。

「……まさか」

目《め》の前《まえ》の建物《たてもの》を見上《みあ》げ、アリスは息《いき》を呑《の》む。

そこにそびえ立《た》っているのは、赤妃《あかひ》スーパー・ゴージャス・ドーム・エクストラ。

今週《こんしゅう》の金曜日《きんようび》に、アリスたちがサーカスを見《み》に来《く》る会場《かいじょう》だ。

きらびやかなその正面《しょうめん》エントランスの上《うえ》には、派手《はで》な文字《もじ》で——。

【史上最大《しじょうさいだい》のサーカス　ザ・ズー】

――と書《か》かれた看板《かんばん》がかけられている。

「よくやってくれました」

P《ピー》・P《ピー》・ジュニアはマシュマロボーイの頭《あたま》を撫《な》でると、好物《こうぶつ》のゼリータイプのドッグフードを差《さ》し出《だ》した。

「ハゥン！」

マシュマロボーイは芝生《しばふ》の上《うえ》に転《ころ》がりながら、ペロペロとドッグフードを舐《な》める。

「さて、公演初日《こうえんしょにち》までまだ日《ひ》にちがありますが、中《なか》を捜索《そうさく》させてもらえるかどうか～？」

P《ピー》・P《ピー》・ジュニアはアリスたちを待《ま》たせて、1羽《わ》でエントランスに向《む》かうと、見張《みは》りをしているベンガルトラに声《こえ》をかけた。

「あの～、見学《けんがく》は？」

「公演前《こうえんまえ》は立《た》ち入《い》り禁止《きんし》だ」

ベンガルトラは仁王立《におうだ》ちして鋭《するど》い牙《きば》を見《み》せる。

「では、中《なか》にオオカミとラクダがいるかだけでも、教《おし》えてもらえませんか？」

P《ピー》・P《ピー》・ジュニアはもうちょっとだけ食《く》い下《さ》がる。

「教《おし》えることはできん」

ベンガルトラはＰ《ピー》・Ｐ《ピー》・ジュニアを見下《みお》ろしながら、ペロリと長《なが》い舌《した》を出《だ》した。

「…………失礼《しつれい》しました～」

Ｐ《ピー》・Ｐ《ピー》・ジュニアは、タタタタタ～ッと早足《はやあし》で戻《もど》ってくると、ふうっと息《いき》をつく。

「危《あや》うくトラのおなかに入《はい》るところでした～」

「次《つぎ》はどうします？」

アリスはＰ《ピー》・Ｐ《ピー》・ジュニアに尋《たず》ねた。

「うみゅう、これが昔《むかし》のサーカスみたいな大《だい》テントなら、布製《ぬのせい》なので適当《てきとう》なところを切《き》り裂《さ》いて中《なか》に入《はい》れるのですが」

Ｐ《ピー》・Ｐ《ピー》・ジュニアはちょっと考《かんが》え込《こ》んでから、ポンとヒレを打《う》った。

「いっそ、騎士《ないと》くんに犠牲《ぎせい》、いえ、オトリになってもらって、隙《すき》ができたところで忍《しの》び込《こ》むとか？」

「その作戦《さくせん》だと、僕《ぼく》、トラのエサだよ⁉　ちょっと怖《こわ》いんだけど⁉」

騎士《ないと》はブルブルと首《くび》を横《よこ》に振《ふ》った。

と、そこに。

「……ちっ、怪《あや》しい連中《れんちゅう》がコソコソやってるって、トラから聞《き》いて来《き》てみりゃあ、お前《まえ》たちか？」

チックタック・ザ・キッドがエントランスから現《あらわ》れ、P《ピー》・P《ピー》・ジュニアの姿《すがた》を見《み》て歯《は》を剥《む》いた。

「誰《だれ》にも俺《おれ》たちの邪魔《じゃま》はさせねえ！　とっとと帰《かえ》りやがれ！」

チックタック・ザ・キッドは尻尾《しっぽ》をブンブン振《ふ》って、アリスたちを追《お》い払《はら》おうとする。

「待《ま》って！　オオカミはこのサーカスにいるの⁉　それだけ教《おし》えて！」

赤《あか》ずきんがチックタック・ザ・キッドに詰《つ》め寄《よ》った。

「ハッサンは？　ハッサンも君《きみ》たちと一緒《いっしょ》なのかい⁉」

騎士《ないと》も進《すす》み出《で》る。

「……待《ま》て待《ま》て待《ま》て？　お前《まえ》ら、マジでラクダとオオカミを捜《さが》しに来《き》ただけか？」

チックタック・ザ・キッドは、気《き》の抜《ぬ》けたような顔《かお》になる。

「団長《だんちょう》と俺《おれ》たち四天王《してんのう》の犯罪計画《はんざいけいかく》のこと、探《さぐ》りに来《き》たんじゃねえの？」

「うみゅ、四天王《してんのう》?」

P《ピー》・P《ピー》・ジュニアはもちろん、聞《き》き逃《のが》さなかった。

「俺《おれ》とラクダとオオカミ、それに大佐《たいさ》と総統《そうとう》な」

チックタック・ザ・キッドは口《くち》が軽《かる》かった。

「……それだと五天王《ごてんのう》ですが」

アリスは指折《ゆびお》り数《かぞ》えて首《くび》をかしげる。

だが――。

「んなのどうでもいい！　お願《ねが》い、オオカミに会《あ》わせて、ハンドバッグ！」

赤《あか》ずきんはチックタック・ザ・キッドに頭《あたま》を下《さ》げた。

「誰《だれ》がハンドバッグだ！　…………まあ、同《おな》じ犯罪者仲間《はんざいしゃなかま》だからな。ちっと待《ま》ってろ」

チックタック・ザ・キッドは頭《あたま》を掻《か》き――前足《まえあし》が短《みじか》くて届《とど》いていないけど――ながら、ドームの中《なか》に戻《もど》ってゆく。

で、数分後《すうふんご》。

「何《なん》の用《よう》だ?」

チックタック・ザ・キッドに連《つ》れられ、オオカミが唸《うな》りながら出《で》てきた。

「ぶるる?」

ハッサンも一緒《いっしょ》だ。

「オオカミ、帰《かえ》ろ、こんなところにいないでさ」

赤《あか》ずきんは手《て》を差《さ》し出《だ》した。

「ふん!」

オオカミはその手《て》を払《はら》いのける。

「ここじゃ、豪華《ごうか》な食事《しょくじ》が3回《かい》、昼休《ひるやす》みは1時間半《じかんはん》、有給休暇《ゆうきゅうきゅうか》は年《ねん》に2週間《しゅうかん》! お前《まえ》と一緒《いっしょ》の頃《ころ》より、ず〜っとマシなんだよ!」

「ブラックな職場《しょくば》じゃないんですね」

アリスはつぶやく。

「当《あ》たり前《まえ》だ! 団長《だんちょう》のフーズフーはな、『頑張《がんば》る』のと、『神経《しんけい》すり減《へ》らす』のは違《ちが》うって分《わ》かってんだよ!」

オオカミは胸《むね》を張《は》り、赤《あか》ずきんに右前足《みぎまえあし》を向《む》けた。

「俺《おれ》は戻《もど》らねえ。このプリン泥棒《どろぼう》から離《はな》れて、一人前《いちにんまえ》の犯罪者《はんざいしゃ》、いや、犯罪《はんざい》オオカミになる」

「ううう～っ！　このバカ犬《いぬ》ぅ！」

赤《あか》ずきんは涙《なみだ》をいっぱいに溜《た》めて、ドンと地面《じめん》を踏《ふ》みしめた。

一方《いっぽう》。

「ハッサン、君《きみ》は戻《もど》ってくれるよね？　ね、ね？」

騎士《ないと》はラクダにすがりついていた。

「ぶるる」

ハッサンはため息《いき》をつく。

「そいつ、『ここにはバイトで来《き》てるんだから、給料《きゅうりょう》もらうまで帰《かえ》れない』って言《い》ってるぞ」

親切《しんせつ》にも、チックタック・ザ・キッドが通訳《つうやく》してくれる。

「………え、バイト？」

騎士《ないと》はキョトンとした顔《かお》になる。

「ぶるる」

「『1週間《しゅうかん》ほど留守《るす》にするって書《か》き置《お》きしておいたのに、読《よ》んでないのか？』だとよ」

「それ、知《し》らない」

騎士《ないと》は首《くび》を横《よこ》に振《ふ》った。

「ぶるる」

「『机《つくえ》の上《うえ》に置《お》いといた』だとさ」

「机《つくえ》、見《み》てないよ。勉強《べんきょう》なんてしたことないからさ」

騎士《ないと》はまたも首《くび》を横《よこ》に振《ふ》った。

「…………ぶるる」

ハッサンは右《みぎ》の前足《まえあし》の蹄《ひづめ》を額《ひたい》に当《あ》てた。

これは通訳不要《つうやくふよう》。アリス、P《ピー》・P《ピー》・ジュニア、赤《あか》ずきんとオオカミ、チックタック・ザ・キッド、それにマシュマロボーイまでが冷《つめ》たい視線《しせん》を騎士《ないと》に向《む》ける。

「ええっと…………」

騎士《ないと》は視線《しせん》を泳《およ》がせ——。

「こ、これで僕《ぼく》の方《ほう》の事件《じけん》は解決《かいけつ》だね！　おめでと〜っ！」

——最終的《さいしゅうてき》に開《ひら》き直《なお》った。


結局《けっきょく》。

この日《ひ》は騎士《ないと》と赤《あか》ずきんは家《いえ》に戻《もど》り、オオカミとハッサンはドームに残《のこ》ることになった。

帰《かえ》り道《みち》、マシュマロボーイを抱《だ》っこして歩《ある》くアリスはP《ピー》・P《ピー》・ジュニアに尋《たず》ねる。

「ししょ〜、犯罪計画《はんざいけいかく》って何《なん》でしょう？」

「うみゅ、気《き》になるところですね。しばらくはあの『ザ・ズー』から目《め》を離《はな》さないようにしましょう」

と、頷《うなず》くP《ピー》・P《ピー》・ジュニア。

「ハゥン！」

マシュマロボーイも、賛成《さんせい》だというように尻尾《しっぽ》を振《ふ》るのだった。


そして、ザ・ズー公演初日《こうえんしょにち》の金曜日《きんようび》。

アリスたちはリリカの招待《しょうたい》で、再《ふたた》び赤妃《あかひ》スーパー・ゴージャス・ドーム・エクストラにやって来《き》た。スタンドの観客席《かんきゃくせき》に向かう生徒《せいと》の中《なか》には、氷山中学《ひょうざんちゅうがく》の制服《せいふく》を着《き》た赤《あか》ずきんも紛《まぎ》れ込《こ》んでいる。

「どこでその制服《せいふく》を手《て》に入《い》れたので？」

サイズがやや小《ちい》さい中学生《ちゅうがくせい》の制服《せいふく》を着《き》た高校生《こうこうせい》の姿《すがた》に、アリスはちょっと引《ひ》いた。

「何《なに》よ、その顔《かお》？　あたしは氷山中《ひょうざんちゅう》の卒業生《そつぎょうせい》なんだから、制服《せいふく》ぐらい取《と》ってあるって話《はなし》」

「似合《にあ》ってなさすぎて、トリ肌《はだ》が立《た》ちましたよ、トリなので～」

頭《あたま》のてっぺんから爪先《つまさき》まで、ジ～ッと制服姿《せいふくすがた》の赤《あか》ずきんを観察《かんさつ》したP《ピー》・P《ピー》・ジュニアの素直《すなお》すぎな感想《かんそう》である。

「放《ほ》っといてよ！」

本人《ほんにん》にも自覚《じかく》はあるらしい。

と、そこに。

「これ、何《なに》か事情《じじょう》があるんだよね、ペンギン君《くん》？」

「もしかして、怪盗赤《かいとうあか》ずきん!?」

琉生《るい》と計太《けいた》がやって来《き》た。

「実《じつ》は――」

アリスがこれまでの経緯《けいい》を琉生《るい》に説明《せつめい》した。

「うみゅ。今《いま》の段階《だんかい》だと、犯罪《はんざい》が行《おこな》われる確証《かくしょう》はありませんけどね～」

P《ピー》・P《ピー》・ジュニアもクチバシを縦《たて》に振《ふ》る。

「でも、ペンギン君《くん》と夕星《ゆうずつ》さんは今日《きょう》、ここで何《なに》かが起《お》こると思《おも》っている」

琉生《るい》は笑《え》みを浮《う》かべる。

「それで十分《じゅうぶん》。サーカスという舞台《ぶたい》で、団長《だんちょう》のフーズフーが何《なに》を企《たくら》んでいるのか、実《じつ》に楽《たの》しみだよ」

「あ～。完全《かんぜん》に名探偵《めいたんてい》シュヴァリエ・モードに入《はい》ってるね」

琉生《るい》の幼《おさな》なじみの計太《けいた》が、首《くび》を小《ち》さく横《よこ》に振《ふ》る。

と、そこに。

「庶民《しょみん》アリス！」

リリカがスタスタと近《ちか》づいてきて、琉生《るい》とアリスの間《あいだ》に割《わ》り込《こ》んだ。

「早《はや》く席《せき》に着《つ》きなさい！　わたくしのためのサーカスが始《はじ》まりますわよ！」

「そうだね」

琉生《るい》は頷《うなず》き、計太《けいた》と並《なら》んでアリスの後《うし》ろの席《せき》に座《すわ》った。その隣《となり》には、赤《あか》ずきん。騎士《ないと》は別《べつ》のクラスなので、少《すこ》し離《はな》れた場所《ばしょ》にいる。リリカに抱《だ》っこされたP《ピー》・P《ピー》・ジュニアとアリスは最前列《さいぜんれつ》だ。

数分後《すうふんご》。

観客席《かんきゃくせき》が埋《う》まり、静《しず》かになり始《はじ》めると、会場全体《かいじょうぜんたい》の照明《しょうめい》が落《お》とされ、スポットライトがステージ中央《ちゅうおう》を照《て》らし出《だ》した。

そして、ピエロに扮装《ふんそう》したバンドによる軽快《けいかい》な音楽《おんがく》が流《なが》れ、フーズフー団長《だんちょう》を先頭《せんとう》に、動物《どうぶつ》や団員《だんいん》たちのパレードが始《はじ》まった。

史上最大《しじょうさいだい》のサーカス『ザ・ズー』のテーマ
作詞《さくし》・作曲《さっきょく》　フーズフー

ようこそ　ここは驚異《きょうい》のサーカス
今宵《こよい》　いざなう　不思議《ふしぎ》な世界《せかい》
息《いき》を呑《の》むよな　綱渡《つなわた》り
ゆ〜らり　ゆらゆら　空中《くうちゅう》ブランコ
シルクハットの手品師《てじなし》に
銀《ぎん》の仮面《かめん》の軽業師《かるわざし》
目隠《めかく》ししての　ナイフ投《な》げ
ライオン、トラにゾウにクマ
火《ひ》の輪《わ》くぐりも　お手《て》のもの
さあさ　今宵《こよい》は　夢《ゆめ》の国《くに》
一夜限《ひとよかぎ》りの　お楽《たの》しみ

「ほら、うちのハッサンだよ、ハッサン！」

観客席《かんきゃくせき》から身《み》を乗《の》り出《だ》した騎士《ないと》が、中東風《ちゅうとうふう》の衣装《いしょう》をまとって進《すす》むラクダを指《ゆび》さした。

ハッサンの後《うし》ろには、サイクロプス大佐《たいさ》、バイクに乗《の》ったムソルグスキー総統《そうとう》、チックタック・ザ・キッド、おしまいにオオカミが続《つづ》く。

「みなさん 我々《われわれ》のサーカスにようこそ！」

音楽《おんがく》が止《と》まり、フーズフーが優雅《ゆうが》に一礼《いちれい》した。

観客《かんきゃく》からは盛大《せいだい》な拍手《はくしゅ》が返《かえ》ってくる。

「これからみなさんが目《め》にするのは、史上最大《しじょうさいだい》、最高《さいこう》のショー！ 驚異《きょうい》とスリル、そしてユーモア！ 一生《いっしょう》に一度《いちど》の体験《たいけん》、是非《ぜひ》お楽《たの》しみを！」

フーズフーはいったん下《さ》がり、ピエロたちが登場《とうじょう》、最初《さいしょ》の演目《えんもく》の準備《じゅんび》をしながらコミカルなやり取《と》りを見《み》せる。

ベンガルトラが入《はい》った檻《おり》が運《はこ》ばれてきて、準備完了《じゅんびかんりょう》。

スポットライトを浴《あ》びながら猛獣使《もうじゅうつか》いが登場《とうじょう》し、その合図《あいず》で檻《おり》の扉《とびら》が開《ひら》かれる。

飛《と》び出《だ》したベンガルトラの前《まえ》で、ムチをピシッと鳴《な》らす猛獣使《もうじゅうつか》い。

ベンガルトラが並《なら》べられた台《だい》から台《だい》へと飛《と》び移《うつ》り、火《ひ》の輪《わ》をくぐると観客《かんきゃく》は拍手喝采《はくしゅかっさい》だ。

お次《つぎ》に登場《とうじょう》したのは、インドゾウとチックタック・ザ・キッド。

インドゾウは玉乗《たまの》りをし、ターバンを頭《あたま》に巻《ま》いたチックタック・ザ・キッドはその背中《せなか》の上《うえ》でジャグリングを披露《ひろう》する。

続《つづ》いては、満《まん》を持《じ》しての空中《くうちゅう》ブランコ。

「ペンギンもトリだ！　空《そら》ぐらい飛《と》んでやる！」

サイクロプス大佐《たいさ》が参加《さんか》して、クルクル回転《かいてん》しながらブランコからブランコに飛《と》び移《うつ》ると、氷山中学《ひょうざんちゅうがく》の生徒《せいと》たちも歓声《かんせい》を上《あ》げた。

もちろん、ムソルグスキー総統《そうとう》が巨大《きょだい》な金網《かなあみ》の球体《きゅうたい》の中《なか》、他《ほか》のバイクと一緒《いっしょ》にグルグルと回《まわ》ってみせるアクロバットも見事《みごと》である。

「みなさん、すごいですね」

犯罪動物《はんざいどうぶつ》たちだと分《わ》かっているアリスも、手《て》に汗《あせ》を握《にぎ》る見事《みごと》な技《わざ》の数々《かずかず》である。

もっとも。

「あいつ、ヒレを滑《すべ》らせて落《お》ちれば面白《おもしろ》いんですが～」

P《ピー》・P《ピー》・ジュニアはポップコーンをクチバシに放《ほう》り込《こ》みながら、そうつぶやき――。

「……何《なに》を企《たくら》んでいるんだ、フーズフー」

琉生《るい》はずっと団長《だんちょう》をにらんでいたけれど。

始《はじ》まって30分《ぷん》すると、ハッサンが再《ふたた》び登場《とうじょう》し、的《まと》の前《まえ》に立《た》つ女性《じょせい》の体《からだ》、ギリギリのところを狙《ねら》ったナイフ投《な》げの妙技《みょうぎ》を見《み》せた。

「ここまでは怪《あや》しいところはなかったけど」

真後《まうし》ろの席《せき》の琉生《るい》はアリスの耳《みみ》に囁《ささや》いた。

「僕《ぼく》らの気《き》が緩《ゆる》んだタイミングを狙《ねら》っているなら、そろそろだと思《おも》う」

「普通《ふつう》に楽《たの》しんだらどうです？」

呆《あき》れ顔《がお》なのは琉生《るい》の隣《となり》の計太《けいた》。

しかし。

「みなさ～ん！」

ナイフ投《な》げが終《お》わると、マイクを握《にぎ》ったフーズフー団長《だんちょう》がステージの中央《ちゅうおう》に立《た》った。

「楽《たの》しんでいただけていますか～!?」

観客席《かんきゃくせき》からは、盛大《せいだい》な拍手《はくしゅ》が返《かえ》ってくる。

「では」

フーズフーはニヤリと笑《え》みを浮《う》かべてお辞儀《じぎ》をすると、パチンと指《ゆび》を鳴《な》らした。

「これからは、私が楽しむ時間《ショータイム》の始《はじ》まりです」

次《つぎ》の瞬間《しゅんかん》。

ピエロや軽業師《かるわざし》たちが、カラフルな帽子《ぼうし》や軽業《かるわざ》で使《つか》う小道具《こどうぐ》の中《なか》や、ステージ上《じょう》の物陰《ものかげ》から銃《じゅう》を取《と》り出《だ》し、観客席《かんきゃくせき》の方《ほう》へと向《む》けた。

ベンガルトラも2本足《ほんあし》で立《た》って両手《りょうて》に銃《じゅう》を握《にぎ》り、インドゾウは——どうやって引《ひ》き金《がね》を引《ひ》くのかは分《わ》からないけれど——鼻《はな》でマシンガンを構《かま》えている。

「みなさんにはこれから、大切《たいせつ》なお客様《きゃくさま》から大切《たいせつ》な人質《ひとじち》へと変《か》わってもらいます」

フーズフーは自分《じぶん》もオモチャっぽい銃《じゅう》を取《と》り出《だ》すと、真上《まうえ》に向《む》かってズドンと撃《う》った。

陽気《ようき》なサーカスの音楽《おんがく》が流《なが》れ続《つづ》ける中《なか》、それまでの歓喜《かんき》の声《こえ》が一転《いってん》、悲鳴《ひめい》に変《か》わった。

「お〜っと、おとなしくして動《うご》かない方《ほう》がいいですよ〜。すべての扉《とびら》はロックしてありますし、そこの大砲《たいほう》、強力《きょうりょく》な大型爆弾《おおがたばくだん》が込《こ》められています。発射《はっしゃ》すると、天井《てんじょう》に命中《めいちゅう》、みなさんは瓦礫《がれき》の下《した》。この世《よ》からおさらばです！」

フーズフーが指《ゆび》さした先《さき》には、人間大砲《にんげんたいほう》で使《つか》う大砲《たいほう》があった。

その横《よこ》にはオオカミがいて、いつでも発射《はっしゃ》できるようにリモコンの点火《てんか》スイッチを前足《まえあし》に握《にぎ》っている。

「あれがサーカス用《よう》じゃなくて本物《ほんもの》なら、確《たし》かにこのドームの天井《てんじょう》を破壊《はかい》できるな」

琉生《るい》が厳《きび》しい表情《ひょうじょう》を浮《う》かべる。

「オオカミ………あたしがいるのに」

赤《あか》ずきんは顔《かお》を両手《りょうて》で覆《おお》い、肩《かた》を震《ふる》わせた。

一方《いっぽう》。

「な、な、な、何《なん》ですの、あの男《おとこ》！　せっかくわたくしがお小遣《こづか》いでみなさんを招待《しょうたい》したというのに、台無《だいな》しですわ！　これでわたくしの人気《にんき》が下《さ》がったらどうしてくれますの⁉」

リリカは怒《おこ》っているポイントがちょっと違《ちが》っていた。

「もちろん！」

フーズフーは続《つづ》ける。

「大切《たいせつ》なお客様《きゃくさま》を傷《きず》つけるつもりはありません！　身代金《みのしろきん》を払《はら》っていただければ、すぐにでもお帰《かえ》りいただけま～す！」

「うにゅにゅ、なるほど、これがフーズフーと四天王《してんのう》の計画《けいかく》ですか」

P《ピー》・P《ピー》・ジュニアは唸《うな》った。

「恐怖《きょうふ》の俺様《おれさま》が、動《うご》く奴《やつ》らを恐怖《きょうふ》の蜂《はち》の巣《す》にするぜ〜っ！」

「お前《まえ》との腐《くさ》れ縁《えん》も、これで最後《さいご》だ！」

サイクロプス大佐《たいさ》とチックタック・ザ・キッドが、構《かま》えたマシンガンをP《ピー》・P《ピー》・ジュニアの方《ほう》に向《む》ける。

「あなたは少《すこ》しおとなしくしていてください。この計画《けいかく》のことは知《し》らなかったでしょうが、勝手《かって》な行動《こうどう》は許《ゆる》しませんよ」

ムソルグスキー総統《そうとう》は、騎士《ないと》に駆《か》け寄《よ》ろうとするハッサンの首根《くびね》っこをつかんだ。

「………このまま計画通《けいかくどお》り、ことが運《はこ》ぶ限《かぎ》りは、ですがね」

ムソルグスキー総統《そうとう》はハッサンの耳《みみ》に囁《ささや》く。

そして。

「身代金《みのしろきん》はひとり100万円《まんえん》！　ですが、時間《じかん》が経《た》つにつれて、金額《きんがく》は上《あ》がりますよ」

フーズフーは懐中時計《かいちゅうどけい》を取《と》り出《だ》し、大《おお》げさな身振《みぶ》りで文字盤《もじばん》を見《み》た。

「30分後《ぷんご》には150万《まん》、1時間後《じかんご》には200万《まん》！　さあさあ、お急《いそ》ぎください！　振込先《ふりこみさき》はここです！」

フーズフーの背後《はいご》のスクリーンに、口座番号《こうざばんごう》が表示《ひょうじ》される。

「100万円《まんえん》は身代金《みのしろきん》にしてはお安《やす》いような？」

アリスは不思議《ふしぎ》に思《おも》って琉生《るい》に尋《たず》ねる。

「確《たし》かにね。大富豪《だいふごう》の家族《かぞく》が誘拐《ゆうかい》された場合《ばあい》、数千万《すうせんまん》から数億《すうおく》の身代金《みのしろきん》が要求《ようきゅう》される。でも、あのフーズフーはかなり頭《あたま》がいい。身代金《みのしろきん》の値段《ねだん》を下《さ》げて、人質《ひとじち》の数《かず》で全体《ぜんたい》の金額《きんがく》を上《あ》げようと考《かんが》えたんだ」

と、琉生《るい》。

「そうか！　今《いま》、このスタジアムには5万人《まんにん》の観客《かんきゃく》がいますからね！」

計太《けいた》がポンと手《て》を打《う》った。

（5万《まん》×100万《まん》ですから…………）

「500億《おく》ですよ」

アリスが計算《けいさん》の途中《とちゅう》で固《かた》まっていると、P《ピー》・P《ピー》・ジュニアが教《おし》えてくれた。

「100万《まん》だったら、一般家庭《いっぱんかてい》でも無理《むり》をすれば銀行《ぎんこう》から借金《しゃっきん》したりで集《あつ》められない額《がく》じゃないですからね〜」

ところが。

「ど、どうだろ？」

「うち、マンションのローンがあるから」

「妹《いもうと》のためなら払《はら》ってくれるかもだけど、私《わたし》に両親《りょうしん》がお金《かね》出《だ》してくれるかなあ」

アリスのクラス、C組《シーぐみ》の生徒《せいと》たちは落《お》ち込《こ》んだ。

「お年玉《としだま》が1万円《まんえん》ぐらい残《のこ》ってるから、それで何《なん》とかならないかな？」

中《なか》には自分《じぶん》で払《はら》おうと真剣《しんけん》に考《かんが》えているクラスメートもいるようだ。

と、その時《とき》。

「お待《ま》ちなさい！」

リリカが胸《むね》を張《は》り、腕組《うでぐ》みをして席《せき》から立《た》ち上《あ》がった。

「どうして世界《せかい》の至宝《しほう》、超絶《ちょうぜつ》セレブのこのわたくしの身代金《みのしろきん》が、庶民《しょみん》たちと同《おな》じ金額《きんがく》ですの！　許《ゆる》せませんわ！」

リリカはドンッと床《ゆか》を踏《ふ》みしめる。

「少《すく》なくともわたくしの1日《にち》のお小遣《こづか》いと同額《どうがく》の7777万《まん》ドル！　それ以上《いじょう》は1セントも負《ま》けませんわよ！」

「何故《なぜ》、急《きゅう》にドル換算《かんさん》に？」

アリスは思《おも》わず突《つ》っ込《こ》んでいた。

「……どうして身代金《みのしろきん》を増《ふ》やす方《ほう》に考《かんが》えるかな？」

こめかみを押《お》さえる琉生《るい》。

「ていうか、そんなに毎日《まいにち》もらってるんですね、赤妃《あかひ》さん」

計太《けいた》は非常《ひじょう》にうらやましそうだ。

「いいでしょう！　私《わたし》も世界最高《せかいさいこう》のショーマンと呼《よ》ばれた存在《そんざい》！　あなたの身代金《みのしろきん》だけ、特別価格《とくべつかかく》にしてあげましょう！」

提案《ていあん》を断《ことわ》る理由《りゆう》はない。フーズフーはリリカにお辞儀《じぎ》をした。

「当然《とうぜん》ですわ！」

リリカはフンと鼻《はな》を鳴《な》らし、席《せき》に座《すわ》り直《なお》す。

そんな様子《ようす》を見《み》て、顔色《かおいろ》を曇《くも》らせたのはムソルグスキー総統《そうとう》だった。

「……不安《ふあん》になりますね」

「ぶるる？」

首根《くびね》っこをつかまれたままのハッサンが総統《そうとう》を見上《みあ》げる。

「『身代金《みのしろきん》が増《ふ》えるのはいいことじゃないのか』ですって？　否定《ひてい》はしませんが、このサーカス団《だん》に集《あつ》まったのは犯罪者《はんざいしゃ》ばかり。急《きゅう》に手《て》に入《はい》りそうなお金《かね》が増《ふ》えたら、どうなると思《おも》います？」

ムソルグスキー総統《そうとう》の目《め》が、サイクロプス大佐《たいさ》やチックタック・ザ・キッドの方《ほう》に向《む》けられる。

「当然《とうぜん》、仲間割《なかまわ》れですよ」

そして、ムソルグスキー総統《そうとう》の予想通《よそうどお》り。

「おい！　増《ふ》えた分《ぶん》の身代金《みのしろきん》、7777万《まん》ドルの6分《ぶん》の1は、俺《おれ》のものってことでいいんだろうな⁉」

チックタック・ザ・キッドがフーズフーに確認《かくにん》する。

「あなた方《がた》には最初《さいしょ》にお支払《しはら》いする額《がく》を伝《つた》えてありますし、お給料《きゅうりょう》も払《はら》ってますよね？」

フーズフーの態度《たいど》は素《そ》っ気《け》なかった。

「分《わ》け前《まえ》を増《ふ》やす気《き》はねえだと⁉ ふざけんなよ！」

チックタック・ザ・キッドは歯《は》を剥《む》いた。

「いえいえ、ゼロとは言《い》いません。私《わたし》が9割《わり》、残《のこ》りはみなさんで分《わ》けるということで」

「…………」

団員《だんいん》たちは顔《かお》を見合《みあ》わせる。

不満《ふまん》を抱《いだ》いた団員《だんいん》と、もらえるだけマシと考《かんが》えた団員《だんいん》、それぞれ半々《はんはん》ぐらいの感《かん》じだ。

「……よし、裏切《うらぎ》るぞ」

チックタック・ザ・キッドはムソルグスキー総統《そうとう》の方《ほう》を振《ふ》り返《かえ》って宣言《せんげん》した。

「やはり、そういう結論《けつろん》ですか」

ムソルグスキー総統《そうとう》はため息《いき》をつきながらも、ハッサンから前足《まえあし》を放《はな》す。

「本物《ほんもの》の悪党《あくとう》はなぁ、悪党《あくとう》さえ裏切《うらぎ》るんだよ！」

チックタック・ザ・キッドは歯《は》を見《み》せて笑《わら》った。

「恐怖《きょうふ》の俺様《おれさま》も寝返《ねがえ》るぜ！　覚《おぼ》えておけ！　恐怖《きょうふ》の俺様《おれさま》を安《やす》く使《つか》おうなんて考《かんが》える奴《やつ》は、恐怖《きょうふ》の復讐《ふくしゅう》を喰《く》らうってことをな！」

サイクロプス大佐《たいさ》も、マシンガンをフーズフーに向《む》けながら、オオカミに問《と》いかけるような視線《しせん》を投《な》げかける。

「おい、お前《まえ》はどうする？」

「俺《おれ》はもともと、誰《だれ》とも組《く》まねえ！　一匹《ローン・ウルフ》オオカミだからな！」

オオカミもリモコンを投《な》げ捨《す》てると、一瞬《いっしゅん》だけ、赤《あか》ずきんの方《ほう》を見《み》た。

「……ま、あいつだけは別《べつ》だがよ」

しかし。

「おやおや？　あなた方《がた》のような三流《さんりゅう》の悪党《あくとう》を、私《わたし》が本気《ほんき》で信用《しんよう》したとでも？」

フーズフーは小馬鹿《こばか》にするように笑《わら》うと、残《のこ》りの団員《だんいん》たちに向《む》かって命《めい》じた。

「さあ、あの四天王《してんのう》を始末《しまつ》なさい！　あなた方《がた》の分《わ》け前《まえ》が増《ふ》えますよ！」

これを聞《き》いて、軽業師《かるわざし》やピエロ、ベンガルトラやインドゾウまでが、狙《ねら》いを観客《かんきゃく》から四《し》天王《てんのう》へと変更《へんこう》する。

と、その時《とき》。

「オオカミ！」

「ハッサン！」

赤《あか》ずきんと騎士《ないと》が観客席《かんきゃくせき》からステージに飛《と》び降《お》り、2匹《ひき》のところに駆《か》け寄《よ》った。

「馬鹿《ばか》、伏《ふ》せろ！」

「ぶるる！」

オオカミとハッサンは、ふたりに飛《と》びつき、地面《じめん》に押《お》さえつける。

その直後《ちょくご》、銃撃戦《じゅうげきせん》が始《はじ》まり、オオカミたちの頭《あたま》のすぐ上《うえ》を銃弾《じゅうだん》が飛《と》び交《か》う。

「野郎《やろう》！　俺様《おれさま》の尻尾《しっぽ》でぶん殴《なぐ》ってやる！」

「待《ま》ちなさい、キッド。まずは団長《だんちょう》のスマートフォンを奪《うば》い、パスワードを解析《かいせき》して口座《こうざ》を乗《の》っ取《と》るんです」

「恐怖《きょうふ》の俺様《おれさま》も総統《そうとう》に恐怖《きょうふ》の大賛成《だいさんせい》だ！　けど、どうやってあいつの恐怖《きょうふ》のスマートフォンをぶん取《ど》るんだよ⁉」

チックタック・ザ・キッドやムソルグスキー総統《そうとう》、それにサイクロプス大佐《たいさ》や楽団員《がくだんいん》たち物陰《ものかげ》に身《み》を隠《かく》すのがやっとで、フーズフーには近《ちか》づけない。

「さあさあ、パニックは大歓迎《だいかんげい》！　観客《かんきゃく》は助《たす》かるためにと、私《わたし》の口座《こうざ》にどんどん送金《そうきん》してくれます！　私《わたし》はひそかに用意《ようい》した天井《てんじょう》の抜《ぬ》け道《みち》からグッバ～イです！」

フーズフーは縄《なわ》ばしごをスルスルと登《のぼ》り、綱渡《つなわた》りや空中《くうちゅう》ブランコで使《つか》う足場《あしば》を目指《めざ》す。

琉生《るい》がステージに向《む》かって走《はし》り出《だ》しながら、ベルトのケースから1枚《まい》のタロットカードを抜《ぬ》き、フーズフーに向《む》かって放《はな》った。

「『正義《ジャスティス》』のカード！」

「おっと！　いきなりですか、危《あぶ》ない危《あぶ》ない！」

フーズフーが肩《かた》をすくめると、首《くび》がシャツの中《なか》に引《ひ》っ込《こ》んだ。カードはフーズフーには命中《めいちゅう》せず、柱《はしら》に突《つ》き立《た》っただけだ。

「首《くび》から上《うえ》は作《ギ》り《ミ》物《ック》!?」

琉生《るい》は信《しん》じられないという顔《かお》だ。

「探偵《たんてい》シュヴァリエは観客《かんきゃく》を安全《あんぜん》な場所《ばしょ》まで誘導《ゆうどう》を！　私《わたし》があいつを追《お》います！」

琉生《るい》と同《おな》じくステージに躍《おど》り出《で》たP《ピー》・P《ピー》・ジュニアは縄《なわ》ばしごに飛《と》びついて登《のぼ》り始《はじ》める。

「トリ肉料理《にくりょうり》の決《き》め手《て》は、何《なん》と言《い》ってもスパイスですね？」

フーズフーは銃身《じゅうしん》がラッパのような形《かたち》をした銃《じゅう》を抜《ぬ》くと、Ｐ《ピー》・Ｐ《ピー》・ジュニアに向《む》かってパンパンと撃《う》った。

飛《と》び出《だ》したのはコショウ玉《だま》。

「うみゅ！」

Ｐ《ピー》・Ｐ《ピー》・ジュニアはとっさに避《よ》けて無事《ぶじ》だったが、それたコショウ玉《だま》は計太《けいた》やリカがいるスタンドの観客席《かんきゃくせき》の上《うえ》で破裂《はれつ》。氷山中学《ひょうざんちゅうがく》の一同《いちどう》は涙《なみだ》とクシャミが止《と》まらなくなる。

「夕星《ゆうずつ》さん、安全《あんぜん》なところまで下《さ》がって！」

「はい！」

琉生《るい》の警告《けいこく》に頷《うなず》いたアリスは、柱《はしら》の陰《かげ》に身《み》を潜《ひそ》める。

そして。

「鏡《ミラー》よ、鏡《ミラー》」

アリスは手鏡《てかがみ》を取《と》り出《だ》して、その表面《ひょうめん》に触《ふ》れた。

鏡《かがみ》の国《くに》に入《はい》ったアリスは今回《こんかい》、何《なに》もない空間《くうかん》ではなく、小舟《こぶね》の上《うえ》にいた。

大《おお》きな公園《こうえん》の池《いけ》などで見《み》られる貸《か》しボート、あんな感《かん》じの船《ふね》である。

小舟《こぶね》は――アリスの幼《おさな》い頃《ころ》の記憶《きおく》にかすかに残《のこ》っているテムズ川《がわ》のような――流《なが》れの穏《おだ》やかな川《かわ》を下《くだ》り続《つづ》け、やがて芝生《しばふ》に覆《おお》われた川岸《かわぎし》へと着《つ》く。

するとそこには。

大《おお》きなタマゴに手足《てあし》がついたような体型《たいけい》をした人物《じんぶつ》がいた。

アリスの友《とも》だちで鏡《かがみ》の国《くに》の仕立屋《テイラー》、ハンプティ・ダンプティである。

ハンプティ・ダンプティはイーゼルにカンバスを立《た》てかけ、風景画《ふうけいが》――ではなく、自画《じが》像《ぞう》を描《か》いていた。

「やあ、アリス、久《ひさ》しぶり～」

ハンプティ・ダンプティは、筆《ふで》とパレットを緑《みどり》の芝生《しばふ》の上《うえ》に置《お》いた。

「で、今回《こんかい》はどんなコスチュームをお望《のぞ》み？」

「実《じつ》は――」

アリスは、どんな攻撃《こうげき》からも身《み》をかわすフーズフー団長《だんちょう》のことを説明《せつめい》する。

「うんうん。なるほど強敵《きょうてき》だね」

ハンプティ・ダンプティはアリスの説明《せつめい》を聞《き》くと、体全体《からだぜんたい》を使《つか》って――何《なに》しろ、首《くび》がないので――頷《うなず》いた。

「そんな悪者《わるもの》を捕《つか》まえるコスチュームを作《つく》るのなんて、到底無理《とうていむり》――」

ハンプティ・ダンプティは難《むずか》しい顔《かお》を作《つく》ってそう言《い》いかけ、一瞬《いっしゅん》、間《ま》を置《お》くと。

「――な～んてことはないんです！　ヘイ、カマ～ン！」

パチ～ンと指《ゆび》を鳴《な》らす。

すると、いつものように針《はり》と糸《いと》、ハサミと布《ぬの》がどこからともなく現《あらわ》れた。

「今日《きょう》も張《は》り切《き》っていくよ～！　コーカス・ダンス、コーカス・ダ～ンス！　あなたもボクもコーカス・ダ～ンス！」

糸《いと》、針《はり》、それにハサミと布《ぬの》は、ハンプティ・ダンプティを中心《ちゅうしん》に輪《わ》を作《つく》ってリズミカルに踊《おど》り始《はじ》める。

そして、完成《かんせい》したのが。

「う」

アリスは固《かた》まった。

赤《あか》と青《あお》を対称的《たいしょうてき》に配《はい》した、カラフルすぎるくらいにカラフルなコスチューム。

空中《くうちゅう》ブランコや綱渡《つなわた》りをするサーカスのスターが身《み》につけるような、やたらと目立《めだ》つ衣装《いしょう》である。

「これはオマケね」

ハンプティ・ダンプティはアリスの頭《あたま》に帽子《ぼうし》を載《の》せて、誇《ほこ》らしげに説明《せつめい》する。

「サーカスにはサーカス！　これで君《きみ》もいつもの何倍《なんばい》も身軽《みがる》な動《うご》きができるはずだよ！」

「………そうですね」

よくよく考《かんが》えてみたら、前《まえ》に作《つく》ってもらった『怪盗黒《かいとうくろ》にゃんこスーツ』でもよかったみたいな気《き》もしたけれど。

「じゃあさ、いつもの言葉《ことば》で」

ハンプティ・ダンプティはウインクする。

「ワンダー・チェンジ！」

アリスはせっかくだから着《き》替《が》えてみた。

そして――。


サーカス・スター・アリスとなって、こちらの世界《せかい》に戻《もど》ってくると。

「ふははははは！　ここまで追《お》ってこられるかな～？　…………おっとまた送金《そうきん》がありました～」

フーズフーはスマートフォンで振《ふ》り込《こ》まれた身代金《みのしろきん》の額《がく》を確認《かくにん》しながら、ロープを渡《わた》り、空中《くうちゅう》ブランコを使《つか》って、足場《あしば》から足場《あしば》へとまだ逃《に》げ回《まわ》っていた。鏡《かがみ》の世界《せかい》に行《い》ってから戻《もど》ってくるまで、ほんの一瞬《いっしゅん》のことなのだから、当然《とうぜん》と言《い》えば当然《とうぜん》だったが。

「アリス・リドル、遅《おそ》～い！　って何《なに》、その格好《かっこう》？」

アリスを見《み》た赤《あか》ずきんが、ちょっと引《ひ》き気味《ぎみ》の表情《ひょうじょう》になる。

「……恥《は》ずかしくない？」

「聞《き》かないで」

アリスは身軽《みがる》な動《うご》きで縄《なわ》ばしごを登《のぼ》り始《はじ》めた。

足場《あしば》の上《うえ》ではＰ《ピー》・Ｐ《ピー》・ジュニアが待《ま》っていて、登《のぼ》ってきたアリスの手《て》を取《と》って引《ひ》き上《あ》げる。

「作戦《さくせん》は？」

Ｐ《ピー》・Ｐ《ピー》・ジュニアはアリスに聞《き》いた。

「挟《はさ》み撃《う》ちにしましょう。ししょ～は空中《くうちゅう》ブランコであちらの足場《あしば》に。私《わたし》は空中《くうちゅう》ブランコで反対《はんたい》の足場《あしば》からフーズフーの後《うし》ろに回《まわ》り込《こ》みます」

「うみゅ、分《わ》かりました！　気《き》をつけて！」

アリスとＰ《ピー》・Ｐ《ピー》・ジュニアは空中《くうちゅう》ブランコをつかむと、同時《どうじ》に足場《あしば》から体《からだ》を躍《おど》らせた。

大《おお》きな弧《こ》を描《えが》き、フーズフーが向《む》かっている足場《あしば》へと近《ちか》づくアリスのブランコ。

「むふふ、これを避《よ》けられますか⁉」

揺《ゆ》れるロープの上《うえ》からフーズフーはブランコのアリスに向《む》けて、隠《かく》し持《も》っていたジャグリングのボールを放《はな》った。

だが。

「ぶるる！」

ステージからハッサンが放《はな》ったナイフがそれを弾《はじ》き飛《と》ばした。

「ありがと！」

アリスはハッサンにそう声《こえ》をかけて足場《あしば》へと飛《と》び移《うつ》ると、綱渡《つなわた》りのロープの上《うえ》を走《はし》り、逃《に》げ続《つづ》けようとするフーズフーを追《お》う。

「こっちは通《とお》しません！」

その先《さき》の足場《あしば》で待《ま》っているのは、もちろんＰ《ピー》・Ｐ《ピー》・ジュニアである。

「！」

フーズフーはクルリと反転《はんてん》して戻《もど》ろうとするが、そこではアリスが立《た》ちふさがっている。

「チェックメイトです」

アリスは告《つ》げた。

「……分《わ》かりました。おとなしく捕《つか》まりますよ」

フーズフーは頷《うなず》き、両手《りょうて》をアリスの方《ほう》に差《さ》し出《だ》す。

アリスはロープを渡《わた》り、そんなフーズフーに近《ちか》づいてゆく。

すると。

「な～んちゃって♪」

フーズフーの手《て》の上《うえ》に、手品《てじな》のように箱《はこ》が現《あらわ》れた。

ポンッと蓋《ふた》が開《ひら》いた箱《はこ》から、バネ仕掛《じか》けのナイフが飛《と》び出《だ》し、アリスに向《む》かって飛《と》んでくる。

「チェックメイト、そう言《い》ったはずです」

アリスはロープの上《うえ》で前転《ぜんてん》しながら、飛《と》んでくるナイフを叩《たた》きつけるように蹴《け》った。

ナイフは方向《ほうこう》を変《か》えて、アリスとフーズフーが乗《の》っているロープを真《ま》っぷたつにする。

「これがフィナーレ！」

アリスはロープの端《はし》をつかむと、そのまま振《ふ》り子《こ》のように大《おお》きく振《ふ》られるようにして見《み》事《ごと》にステージへと着地《ちゃくち》した。

だが。

「そんなそんなそんなそんなそんなそんなそんなそんなそんなそんな～っ！」

フーズフーは真《ま》っ逆《さか》さまにロープから落《お》ちて──。

ザッブ～ン！

水《みず》しぶきを上《あ》げて、人間大砲《にんげんたいほう》で使《つか》う小《ちい》さな水槽《すいそう》に頭《あたま》から落《お》ちた。

このタイミングで、サーカスの楽団《がくだん》が陽気《ようき》な音楽《おんがく》を奏《かな》でる。

「やれやれだぜ」

と、額《ひたい》を前足《まえあし》で拭《ぬぐ》ったのはオオカミ。

どうやら、この位置《いち》まで水槽《すいそう》を移動《いどう》したのはオオカミだったようだ。

「これまでだね」

気《き》を失《うしな》っているフーズフーを、琉生《るい》が水槽《すいそう》から引《ひ》っ張《ぱ》り上《あ》げる。

「もしもし、ここは赤妃《あかひ》スーパー………何《なん》とかドームなんですが、はい、サーカスをやってる」

その間《あいだ》に、警察《けいさつ》に連絡《れんらく》したのは計太《けいた》だった。

「よかった、無事《ぶじ》だね」

警察《けいさつ》がドームからフーズフーたちを連《つ》れ出《だ》すと、琉生《るい》は、夕星《ゆうずつ》アリスに戻《もど》ったアリスに微笑《ほほえ》みかけた。

「おにょ、サイクロプス大佐《たいさ》たちは？」

P《ピー》・P《ピー》・ジュニアがハッサンとオオカミに尋《たず》ねる。

「ぶるる」

「さっさとムソルグスキーのバイクに相乗《あいの》りして逃《に》げてったぜ。あいつら、逃《に》げ足《あし》だけが取《と》り柄《え》の悪党《あくとう》だからな」

と、２匹《ひき》が答《こた》えたところに。

「ハッサ～ン！」

「オオカミ～ッ！」

騎士《ないと》と赤《あか》ずきんが駆《か》け寄《よ》ってきた。

「……ぶるる」

「だはっ！」

ハッサンはさっと身《み》をかわし、勢《いきお》い余《あま》った騎士《ないと》はそのまま地面《じめん》にダイブした。

一方《いっぽう》。

「す、済《す》まなかったな、心配《しんぱい》かけて」

逃《に》げ損《そこ》ねてギュッと抱《だ》きしめられたオオカミは、窒息《ちっそく》しそうになって——顔色《かおいろ》は分《わ》かりにくいけど、たぶん——真《ま》っ青《さお》になる。

「もういいよ！　もういいから！」

赤《あか》ずきんはゴワゴワしたオオカミの毛皮《けがわ》に顔《かお》を埋《うず》めた。


「済《す》まなかったな」

赤《あか》ずきんが落《お》ち着《つ》くと、オオカミはP《ピー》・P《ピー》・ジュニアたちに頭《あたま》を下《さ》げた。

「ぶるる」

と、ハッサンも。

「いいですか、生《い》き物《もの》を飼《か》う時《とき》には責任《せきにん》を持《も》たないと」

P《ピー》・P《ピー》・ジュニアはふんぞり返《かえ》り、偉《えら》そうにお説教《せっきょう》をする。

「……だよな、反省《はんせい》してる」

オオカミは尻尾《しっぽ》を丸《まる》めた。

「甘《あま》やかしすぎて、しつけを怠《おこた》った俺《おれ》が悪《わる》いんだ。これからは気《き》をつけるぜ」

「ぶるる」

ハッサンも、騎士《ないと》を放《ほ》ったらかしにしていたことを反省《はんせい》したようである。

「……あのさ。この会話《かいわ》の流《なが》れ、まるであたしたちがオオカミとハッサンに飼《か》われているみたいに聞《き》こえるんだけど？」

「そうそう。普通《ふつう》さ、逆《ぎゃく》じゃない？」

赤《あか》ずきんと騎士《ないと》は不満《ふまん》を顕《あら》わにした。

「違《ちが》ったんですか？」

と、ふたりに冷《つめ》たい目《め》を向《む》けるP《ピー》・P《ピー》・ジュニア。

「…………違《ちが》いません」

ふたりはうなだれる。

「ところでP様《ピーさま》、それに庶民《しょみん》アリス！」

赤《あか》ずきんと騎士《ないと》を押《お》しやって、リリカが前《まえ》に出《で》てきた。

「今回《こんかい》は残念《ざんねん》な結果《けっか》に終《お》わりましたけれど！　この雪辱《せつじょく》、すぐに果《は》たさせていただきますわよ！　ちょうど、1週間後《しゅうかんご》にエキサイティングなＦ1《エフワン》の国際《こくさい》レースがこのドームで開催《かいさい》されますから、今度《こんど》は市内《しない》の全小中高生《ぜんしょうちゅうこうせい》をご招待《しょうたい》ですわ！」

「………欠席《けっせき》させていただきたいです」

「うみゅ、右《みぎ》に同《おな》じですね」

クルリとリリカに背《せ》を向《む》けて逃《に》げ出《だ》す、アリスとＰ《ピー》・Ｐ《ピー》・ジュニアであった。

明日《あした》もがんばれ！ 怪盗《かいとう》赤《あか》ずきん！ その24

「そこの答《こた》えも間違《まちが》っています」

アンドロイドのアイは、冷《ひ》ややかなカメラ・アイズを赤《あか》ずきんに向《む》けていた。

ここは放課後《ほうかご》の森之奥生物工学研究所《もりのおくせいぶつこうがくけんきゅうじょ》。

赤《あか》ずきんと人魚《にんぎょ》の茉莉音《マリネ》は、

すでに2時間《じかん》にわたって問題《もんだい》を解《と》かされ続《つづ》けている。

あまりの成績《せいせき》のひどさに、ふたりは先生方《せんせいがた》に全科目《ぜんかもく》の補習《ほしゅう》を命《めい》じられ、

こうしてアイが面倒《めんどう》を見《み》ているのだ。

「あ〜、そっちか〜」

赤《あか》ずきんが頭《あたま》を掻《か》くのは、これでもう40回目《かいめ》である。

赤《あか》ずきんの右《みぎ》の席《せき》では、茉莉音《マリネ》が机《つくえ》に突《つ》っ伏《ぶ》している。

「○《まる》か×《ばつ》をつけるだけの正誤問題《せいごもんだい》で、△《さんかく》を描《えが》く人間《にんげん》が存在《そんざい》することは想定外《そうていがい》です」

アイはこの数日《すうじつ》で、ため息《いき》をつくことを学習《がくしゅう》したようだ。

「ねえねえ、そんなことより」

赤《あか》ずきんはペンを置《お》いて話題《わだい》を変《か》える。

「ジャックのどこがそんなにいいの？」

「それは――」

アイの授業《じゅぎょう》モードがポーズに入《はい》り、頬《ほお》に赤《あか》みがさす。

「すべて？」

こうしてアイの終《お》わりのないジャックへの礼賛《らいさん》が始《はじ》まった。

赤《あか》ずきんたちは補習《ほしゅう》を逃《のが》れ、アイは人間《にんげん》のずる賢《がしこ》さを

またひとつ学《まな》ぶことになったのであった。

Shogakukan Junior Bunko

★小学館ジュニア文庫★

華麗なる探偵アリス&ペンギン

イッツ・ショータイム!

2024年10月30日　初版第1刷発行

著者/南房秀久
イラスト/あるや

発行人/井上拓生
編集人/今村愛子
編集/杉浦宏依

発行所/株式会社　小学館
〒101-8001　東京都千代田区一ツ橋2-3-1
電話/編集　03-3230-5105
販売　03-5281-3555

印刷・製本/加藤製版印刷株式会社

デザイン/山田和香+ベイブリッジ・スタジオ

Printed in Japan　ISBN 978-4-09-231496-2